KB270318

도서출판 문장

도서출판 문장

도서출판 문 장

도서출판 문장

독일인의 사랑

독일인의 사랑

초판인쇄 · 2012년 7월 15일
초판발행 · 2012년 7월 20일
지은이 · 막스 뮐러
옮긴이 · 조찬빈
발행인 · 김택원
발행처 · 도서출판 문장
등록번호 · 제307-2007-47호
등록일 · 1977년 10월 24일
주소 · 서울시 성북구 보문동 4가 78-1 평화빌딩 201호
전화 · 02-929-9495
팩스 · 02-929-9496
E-Mail · munjangb@naver.com

ISBN 978-89-7507-056-3 03870
ISBN 978-89-7507-055-6 03870(SET)

독일인의 사랑

F. 막스 뮐러 지음
조찬빈 옮김

아름다운 영혼을 지닌 두 연인의 고귀한 사랑

도서
출판 문장

지금은 무덤 속에 누워 있는 사람이 얼마 전까지도 사용하던 책상 앞에 자기가 대신 앉게 되는 것과 흡사한 경험을 간직하지 않은 사람이 있을까? 이미 무덤의 성스러운 평화 속에 침잠한 사람의 신성한 비밀이 오랫동안 담겨 있던 책상서랍을 열어 보는, 그러한 종류의 경험을 겪어 보지 않은 사람이 있을까? 거기엔 그가 사랑했던 사람의 귀중한 편지들이 있다. 그리고 사진과 리본과 페이지마다 주석을 단 책이 있다.

그러나 이제 누가 그것을 읽고 이해할 수 있을까? 구겨지고 색 바랜 장미꽃잎을 어느 누가 다시 모아서 원래의 그윽한 향기를 뿜게 할 수가 있을까? 희랍인들이 사자死者를 불태우기 위해 피워 올렸던 그 불꽃, 고대인들이 자신들에게 있어 가장 소중한 것들을 모두 던져 넣었던 불꽃, 그 불꽃이 지금은 신성한 유물의 가장 안전한 은신처이다. 뒤에 남은 자들은 이젠 영원히 감긴 눈밖에는 누구도 접하지 못했던 서류를 주춤거리며 읽어 내려간다. 그래서 대강 건성으로 훑어본 결과 그 서류들이 별로 중요한 것이 못 된다는 판단을 내리게 되면 지체 없이 그것을 활활 타오르는 불 속에 던져 넣고 만다. 그리하여 그 서류는 불 속에서 타오르며 이 세상에서 완전히 소멸해 버리고 마는 것이다.

다음에 수록된 글들은 바로 이런 불꽃 속에서 건져 낸 것들이다. 그것은 원래 다만 고인^{故人}의 지기^{知己}들에게만 읽히려는 의도였지만 어느새 모르는 사람들 중에도 독자가 생겨 한 번 이것을 더 많은 사람들에게 소개시켜 보려는 생각을 갖게 되었다. 편자로서는 가능한 한 보다 많은 것을 소개하고 싶지만 원고가 너무도 뒤죽박죽인 데다 훼손된 부분이 많아 이것을 체계 있게 편집하는 것은 아주 힘겨운 작업이 아닐 수 없었다.

1866년 1월

옥스퍼드에서 F. 막스 뮐러

첫 번째 회상

철없이 뛰놀던 어린 시절은 신비와 비밀로 가득 차 있다. 그러나 어느 누가 그 비밀과 신비를 이야기하고 뚜렷이 밝힐 수 있을까? 우리들은 누구나 이 어린 시절의 놀라운 숲 속을 거쳐 왔고, 그것으로 인해 행복한 도취감을 경험해 본 적이 있다. 그 당시 삶이라는 아름다운 현실은 거세게 밀어닥쳐 우리의 영혼을 뒤덮었던 것이다. 우리 자신이 어느 곳에 위치하고 있는지, 그리고 자신이 어떤 존재인지도 모를 정도였다. 모든 세상은 우리의 소유였고, 우리 또한 온 세상에 속해 있었다. 시작도, 끝도, 휴식도, 괴로움도 없는 영원한 생명이었다. 우리의 마음은 봄날의 하늘만큼이나 환하고, 제비꽃 향내처럼 청아하고…… 주일날 아침처럼 조용하고 신성하였다.

그런데 무엇이 끼어들어 어린 시절의 지극한 평화를 뒤흔드는 것일까? 어째서 이 천진난만하고 순수한 존재가 마감을 알리게 되는 것일까? 우리를 오직 하나의 완벽한 은총의 영역으로부터 내몰아 우울한 생활 속에서 고독하게 살아가도록 하는 것은 도대체 무엇이란 말인가? 그것은 바로 죄의 결과라고 정색을 하고 단언하지는 말자. 어린아이가 죄악 따위를 어떻게 범하겠는가? 그런 대답을 하려면 차라리 모르겠다고 신중하게 입을 다물고 있는 게 나을 것이다.

봉오리를 개화시키고, 꽃으로부터 결실을 얻게 하고, 열매가 흙으로 돌아가는 것이 죄악일까? 애벌레가 번데기가 되고, 번데기에서 나비가 나오고, 나비가 흙으로 되는 것이 죄악일까? 어린이가 자라 어른이 되고, 어른이 늙어 노인이 되고, 노인이 결국 흙으로 돌아가는 것이 죄악일까?

그저 모른다는 것밖에는 달리 어떤 대답도 할 수가 없다.

그러나 인생의 봄을 떠올려 당시의 추억들을 끄집어내
서 곰곰이 회상해 보는 것은 아름다운 일이다. 인생에 있
어서는 후텁지근한 여름에도, 울적한 가을에도, 그리고
매섭게 추운 겨울에도 간혹 봄이 다가오는 것이다. 봄이
다가오면 가슴은 '정말 봄날이 온 것 같군.' 하고 중얼거
린다. 바로 오늘이야말로 그런 날이다. 그러므로 나는 향
기가 가득한 숲 속, 이끼 위에 드러누워 지친 손발을 활
짝 펴고 초록 잎새들 사이로 끝없는 하늘을 바라보면서
'어릴 땐 대체 어땠을까?' 하고 생각에 잠겨 본다.

그러나 거의 아무것도 떠오르지가 않는다. 추억의 첫
몇 장은 낡은 가정용 성서聖書와 흡사하다. 최초의 몇 장은
모두 색이 바래고 찢겨 나간 곳도 있으며 너저분해 보인
다. 그러나 좀 더 페이지를 넘겨서 아담과 이브가 에덴
동산으로부터 추방당하는 대목에 이르면 비로소 정결하
고 읽을 만한 페이지가 나타난다. 발행소와 발행일이 인
쇄된 표지라도 구할 수 있었으면 좋겠지만 도무지 발견
할 수가 없다. 대신에 한 장의 깨끗한 문서의 사본이 발
견된다. 그것은 세례증서洗禮證書로서 우리가 태어난 생년월
일, 그리고 부모와 대부代父의 성명 등이 기록되어 있어 발

행일조차 없는 책 종류는 아니란 것을 알 수 있다.

하지만 시작은…… 시작은 차라리 없는 게 낫다. 왜냐하면 시작이라는 것은 온갖 사고와 기억의 활동을 제지시키기 때문이다. 우리가 어렸을 때로, 거기서 다시 끝없는 과거로 추억을 더듬어 가면 그 시작이라는 장난꾼은 더욱더 멀리 달아나 아무리 있는 힘을 다해 쫓아가도 끝내 붙잡을 수가 없다. 그것은 흡사 어린애가 하늘과 땅이 맞붙은 곳을 찾기 위해 쉬지 않고 달려간다 해도 하늘은 자꾸만 멀어지고, 여전히 땅은 하늘 밑에 존재하고, 아이는 그만 지칠 대로 지쳐 끝내 그곳에 도달하지 못하게 되는 상황과 마찬가지인 것이다. 설령 우리가 그곳에 다다른다 해도…… 이를 테면 우리 존재의 출발점에 도달했다 해도 우리는 무엇을 기억할 것인가? 거기서 우리의 기억은 아마도 흠뻑 젖어 추위에 몸을 떨고 있는 초라한 꼴의 강아지와 흡사할 것이다.

그러나 내가 최초로 별을 올려다보았던 기억은 떠올릴 수 있을 것 같다. 별로서는 이미 전에도 꽤 여러 번 나를 내려다보았으리라. 어느 날 밤이었다. 어머니의 무릎 사이에 안겨 있었는데도 워낙 쌀쌀한 날씨였기 때문에 소름이 돌고 몸이 온통 얼어붙는 것 같았다. 무언가 두려움에 사로잡혀 있었던 모양이다. 이를테면 나의 조그만 자의식이 내 자신에 대하여 보통 때보다 커다란 관심을 쏟고 있는 상태였다.

그때 어머니는 빛나는 별을 가리켜 보여 주셨다. 신비로운 느낌이 밀려와 아무래도 '어머니가 저 별을 저토록 아름답게 하셨으리라' 는 생각을 했었다. 그리고 이내 훈훈해지는 것을 느끼고 잠에 빠져들었다.

그 다음 기억나는 것은 언젠가 내가 풀밭에 드러누워 있을 때의 일인데 나를 둘러싼 온갖 사물들이 수런거리고 고개를 흔들며 벌 소리와 함께 바람 부는 소리를 내고 있었다. 그때 아주 작은 다족류의 벌레 떼가 내게 날아들어 이마와 눈 위에 내려앉으며 안녕, 하고 인사를 하는 것이었다. 그러나 눈이 너무도 아파 와서 소리쳐 어머니를 불렀다.

"저런, 가엾어라. 모기가 지독히도 물었네." 하고 어머니는 말씀하셨다. 나는 눈을 뜰 수가 없어 더 이상 푸른 하늘을 바라볼 수가 없었다. 어머니는 손에 제비꽃 한 다발을 들고 계셨는데 그 꽃의 짙은 자줏빛에 빠져들 것만 같고 신선한 향기가 머리 속까지 스머드는 것 같았다. 그래서 지금도 봄철이 되어 최초의 제비꽃을 보게 되면 그당시의 일을 떠올려 조용히 눈을 감고 짙은 자줏빛 하늘을 마음속에 그려 보지 않을 수가 없다.

그리고 또 생각나는 것은 별들이나 제비꽃보다도 더 아름다운 다른 하나의 새로운 세계가 내게 들이닥쳤던 기억이다. 부활절 아침이었다. 어머니는 나를 일찍 깨우셨다. 창 밖에는 고풍 어린 우리 교회가 서 있었다. 교회 건물은 아름답지는 않았지만 높직한 지붕과 첨탑이 있었고, 탑 꼭대기엔 금으로 만든 십자가가 세워져 있었다. 그리고 다른 집들과 견주어 볼 때 몹시 퇴색한 잿빛을 띠고 있었다. 그 속에 누가 살고 있는지 궁금해 문의 쇠창살 사이로 들여다본 적이 있었다. 집안엔 아무것도 없었고 썰렁하고 슬프게도 한 사람도 살고 있지 않았다. 그 뒤로는 그 문 근처를 지날 때마다 섬뜩한 기분이 드는 것이었다.

부활절 새벽에는 비가 내렸지만 이내 날이 개어서 해가 높이 솟아오르자 그 낡은 교회는 잿빛 슬레이트 지붕과 높은 창문과 금 십자가가 세워진 첨탑과 함께 눈부시게 반짝였다. 돌연 높은 창으로부터 찬란한 빛이 반사되어 쏟아지기 시작했다. 그 빛이 너무 눈부셔 쳐다보지 못하고 눈을 감은 순간 그 빛은 나의 영혼 깊숙이까지 침투해 들어와 내 내면의 모든 것이 빛과 향기를 뿜고 노래하며 뒤흔들리는 것처럼 느껴졌다. 그때 나는 내 안에 하나의 새 생명이 태어나 자기 자신이 다른 무언가로 변화한 듯한 느낌을 받았던 것이다. 어머니에게 저게 무엇이냐고 물었더니 교회에서 부르는 부활절의 성가라는 대답이었다.

그때 내 영혼 깊숙이 파고든 활기차고 신성한 성가의 정체를 나는 파악할 수가 없었다. 그 성가는 아마도 루터의 결연한 가슴속까지도 파고들었던 오래 된 성가일 게 분명할 것이다. 그 후로 나는 두 번 다시 그 성가를 듣지 못했다. 그러나 지금도 베토벤의 느린 선율이나, 마르첼로의 찬미가나, 헨델의 합창곡, 혹은 스코틀랜드 산악 지대와 티롤(Tirol: 프랑스와 이탈리아 국경 지대) 같은 고장의 소박한 민요를 들을 때면 그 높은 교회의 창문이 다시금 빛을 발하고 풍금 소리가 내 영혼 깊숙이에서 고개를 들고 새로운 하나의 세계? 별과 하늘과 제비꽃 향기보다도 아름다운 세계가 내 눈앞에 펼쳐지곤 하는 것이다.

어린 시절에 대해 생각할 때 최초로 떠오르는 기억들은 바로 이런 것들이다. 그리고 그 추억 속에 서러워 보이는 어머니의 얼굴과 인자하고도 엄한 아버지의 눈길이 떠오르고 그 밖에도 정원, 포도 이파리, 파랗고 부드러운 풀밭, 낡고 소중한 그림책이 있다. 이것들이 모두 내 기억의 첫 장에 수록되어 있는 것이다.

그러나 그러한 것들은 이내 분명하고 뚜렷한 영상으로 다가온다. 숱한 이름들과 얼굴들이 되살아난다…… 어머니, 아버지, 형제, 자매, 동무, 선생님들…… 그 밖에도 수많은 타향 사람들…… 오, 그렇다. 회상록 속에는 이 타향 사람들에 관한 많은 이야기가 기록되어 있는 것이다.

두 번째 회상

　우리 집 근처에는 금빛 십자가가 세워진 낡은 교회 건물보다 더 커다랗고 많은 탑이 있는 건물이 교회와 마주 서 있었다. 탑들이 모두 잿빛으로 아주 오랜 세월을 지나온 듯이 보였다. 꼭대기에는 금십자가 대신 돌로 만든 독수리가 앉아 있었고, 현관 바로 옆에 치솟은 가장 높은 탑에는 흰색과 푸른색이 어울린 깃발이 바람에 날리고 있었다. 현관은 계단을 올라 들어갈 수 있게 되어 있었고, 좌우 양쪽에는 기마병 두 사람이 지키고 있었다. 그 건물에는 창문이 아주 많았고, 창문들마다 금빛 술을 단 붉은 비단 커튼으로 장식되어 있었다. 정원에는 고목이다 된 보리수들이 건물을 빙 둘러싸 여름이 되면 잿빛의 성벽에 그림자를 드리우고 그 아래 풀밭 위에다 향기 그윽한 하얀 꽃들을 흩뿌리는 것이었다.

나는 종종 그 안을 들여다보곤 했다. 보리수 향기가 은은히 흐르고 창에 등불이 밝혀지는 저녁이 되면 많은 사람들의 모습이 그림자처럼 어른거리고 있었다. 건물 안에서 음악이 흐르고 마차를 타고 온 남녀가 총총걸음으로 계단을 재빨리 올라가곤 했다. 그 사람들은 몹시 온화하고 아름답게 보였다. 남자들은 가슴에 성조 훈장을 달고 여자들은 머리에 싱싱한 꽃을 꽂고 있었다. 그 당시 나는 어째서 자신은 거기에 들어갈 수 없나 하는 것을 생각하곤 했다.

어느 날인가 아버지가 내게.

"오늘은 저 성城에 가 보기로 하자꾸나. 후작侯爵 부인과 이야기할 때에는 깍듯이 예의 있게 처신하고 그분의 손에 키스해 드리도록 해라."

하고 말씀하셨다.

나는 당시 여섯 살쯤의 나이였다. 나는 여섯 살짜리가 품을 수 있는 최대의 기쁨을 느끼며, 그 등불이 환한 창

문에 어른거리는 사람들의 그림자를 두고 갖가지 상상의 나래를 펼치기 시작하였다. 이미 나는 전부터 집에서 후작과 후작 부인이 아주 훌륭한 분이라는 말을 숱하게 들어온 터였다. 참으로 인자한 사람들로 가난한 사람과 병자들에게 구제와 위안의 도움을 주어 흡사 의인을 지키고 악인을 벌하기 위하여 하느님이 택한 이들 같다는 이야기를 여러 번 들은 적이 있었던 것이다. 전부터 그 성 안에서 일어나는 일들을 혼자 상상해 보곤 했기 때문에 후작과 후작 부인은 마치 나의 호두 깎기 인형과 밀랍 병정처럼 내게는 아주 가까운 존재였다.

아버지를 따라 긴 계단을 올라가면서 나는 몹시 가슴이 설레었다. 아버지가 내게 후작 부인은 '비전하妃殿下', 후작은 '전하' 라고 불러야 한다고 가르쳐 주고 있는 사이 현관문이 활짝 열리더니 빛나는 눈을 가진 키가 큰 부인이 나타났다. 그 부인은 내게 다가와서 손을 내밀 것만 같았고 부드러운 미소까지 짓고 있었다. 아버지가 문 곁에 선 채 무슨 까닭인지 머리를 조아리고 있는 틈에 나는 가슴이 마구 벅차올라 더 이상 참을 수가 없었으므로 그 부인에게 달려가 그녀의 목에 매달려 어머니에게 하던 것처럼 키스를 했다.

그 아름다운 부인은 기쁜 듯이 내 머리를 어루만져 주며 웃었다. 그러자 아버지는 내 손목을 잡아 끌더니 무례하게 그런 짓을 한다고 야단치며 다시는 데려오지 않겠다고 엄포를 놓는 것이었다. 아버지의 그러한 꾸중이 내게는 아무래도 부당하게 여겨졌기 때문에 나는 역성을 들어주지 않을까 하는 기대를 품고 후작 부인 쪽을 바라보았다. 그러나 부인은 온화하면서도 엄한 표정을 짓고 있을 뿐이었다.

나는 다시 변호해 주기를 바라면서 그 방에 모인 신사숙녀들을 둘러보았다. 그러나 그들은 모두 웃음을 띠고 있을 뿐이었다. 내 눈에서는 찔끔 눈물이 흘러나왔다. 나는 뒤돌아 문밖으로 뛰쳐나왔다. 계단을 뛰어내려와 보리수 옆을 지나 집에 도착하자마자 어머니의 품에 달려들며 몹시 서럽게 울었다.

"도대체 무슨 일이냐?"

어머니가 물었다.

"어머니, 나 후작 부인 댁에 갔었어요. 그분은 아주 인자하고 아름다운 사람이었어요. 나는 어머니한테 하던 것처럼 후작 부인의 목에 매달려 키스하지 않을 수가 없었어요."

"쯧쯧, 안 그랬으면 좋았을 텐데. 그분은 남이고 아주 신분이 높은 분이시잖니."

어머니는 이렇게 대꾸하시는 것이었다.

"남이라는 게 무엇인데요? 날 예뻐해 주고 부드러운 눈길로 보아 주는 사람이라면 누구라도 좋아할 수 있잖아요?"

"좋아하는 거야 아무래도 괜찮지. 그러나 그 감정을 드러내서는 안 되는 거란다."

"사람을 좋아하는 게 나쁜 짓이란 말인가요? 왜 겉으로 나타내면 안 된단 말이에요?"

내 물음에 어머니는 다음과 같이 말씀해 주셨다.

"네 말도 일리는 있지만 넌 아버지가 하라시는 대로 따라야 하는 거란다. 앞으로 더 자라면 곱고 부드러운 눈을 가진 부인의 목에 매달려 키스하는 게 왜 못 쓰는 일인지 알 날이 올 게다."

그날은 정말 서러운 날이었다. 아버지는 집에 돌아온 후에도 여전히 내가 '예의범절이 없다' 고 언짢아하셨다.

밤에 어머니가 침대에 데려다 주어 나는 기도를 드리기는 했지만 좀처럼 잠들 수가 없었다. 좋아하면 못 쓴다는, 그 남들이라는 존재는 대체 무엇일까 하는 생각만 계속할 뿐이었다.

그대 가련한 인간의 마음이여! 봄날 그대는 너무도 일찍 꽃잎을 뜯기고 날개 깃을 잘린다. 삶의 새벽 무렵, 어스름으로 가리워진 마음속의 꿈을 펼치면 안으로부터 사랑의 향기가 흘러나온다. 우리는 일어서는 법, 걷는 법, 말하는 법, 읽는 법 등을 배우지만 그 누구도 사랑하는 방법을 가르쳐 주지는 않는다. 사랑이란 우리의 생명과 마찬가지로 태어날 때부터 지니고 있는 것이다. 사랑은 인간 존재의 가장 깊숙한 심연이라는 말까지 있다. 우주가 서로 끌어당기고 견제하며 영원하나 법칙에 의해 서로 결합하는 것처럼 인간의 본성도 서로 이끌리고 좋아하고 영원한 사랑의 법칙에 의하여 결합되어 있는 것이다. 태양이 없으면 꽃이 피지 못하듯이 사랑이 없으면 사람은 살아갈 수 없는 것이다.

이질적인 세계의 차가운 진눈깨비가 어린애의 마음속에 불어닥쳤을 때, 만약 신의 사랑만큼이나 자애로운 사랑의 빛을 부모의 눈에서 읽을 수 없었다면 그 연약한 가슴은 어떻게 두려움을 견딜 수 있겠는가? 그때 어린애의 마음에서 고개를 드는 그리움은 참으로 순결하고 진한 사랑인 것이다. 그것은 전세계를 감싸 안을 수 있는 사랑이다. 그것은 빛나는 눈동자가 정면으로 마주칠 때 타오르는 것이며 서로의 목소리를 들을 때 환성을 지르는 것이다. 그것은 예부터 도저히 측량할 수 없는 사랑이며 그 어떤 추를 내려뜨리더라도 결코 바닥에 닿을 수 없는 한없이 깊숙한 우물이며 언제까지나 고갈되지 않는 샘인 것이다. 그것을 아는 사람이라면 사랑에는 어떤 기준이라는 것이 있을 수 없고, 그 양에 있어서 비교한다는 것도 불가능하며 사랑하는 사람은 오직 몸과 마음을 다하고 정성과 힘을 다 쏟아야만 사랑할 수 있다는 것을 깨닫게 되는 것이다.

그러나 우리의 인생이 절반도 지나기 전에 이러한 사랑의 아주 작은 부분만이 남게 된단 말인가!

어린아이는 남이라는 존재를 인식하면서부터 이미 어린아이가 아닌 것이다. 사랑의 샘물은 마르고 시간이 흘러갈수록 점점 파묻혀 버리고 만다. 우리는 눈의 생기를 잃고 소음으로 가득한 이 세상을 우울하고 피곤한 표정으로 서로 엇갈려 가 버리는 것이다. 우리는 대체로 서로 인사를 나누지 않는다. 왜냐하면 반응이 오지 않는 인사를 한다는 것이 얼마나 우리 마음에 상처를 주는가를 알기 때문이며 더욱이 일단 인사를 나누고 손을 맞잡았던 사람과 헤어진다는 것이 얼마나 괴로운가를 알고 있기 때문이다. 마음의 날개는 깃털을 잃고 꽃잎은 뜯기어 시들어 가고, 풍요로웠던 사랑의 샘에는 마른 입술을 적셔 갈증으로 죽어 가는 것을 겨우 면하게 하는 몇 방울의 물만 남아 있다. 고작 이 물 몇 방울을 우리는 사랑이라고 부르고 있는 것이다.

그러나 그와 같은 사랑은 순진무구하고 완전한, 기쁨에 찬 어린아이의 사랑은 아니다. 그것은 초조와 결핍에서 비롯된 사랑이 발하는 충동이며 불타는 정열일 뿐이다. 뜨거운 모래 위에 뿌려진 빗방울처럼 스스로 소모되는 사랑이다. 기대하는 사랑이지 헌신적인 사랑은 아니다. 나의 소유가 되어 주기를 갈망하는 사랑이지 상대방에게 속하고 싶다는 사랑은 아니다. 이기적인 사랑, 의혹적인 사랑 그 밖에 아무 것도 아닌 것이다. 시인이 노래

하거나 젊은 남녀들이 추종하는 사랑은 모두 이런 성격의 사랑이다. 그것은 타오르다 이내 재로 화하고 마는 불꽃으로서 사람을 포근하게 감싸 주지 못하고 그을음과 잿더미만을 뒤에 남길 뿐이다. 우리는 전에 불꽃놀이의 포환이 영원한 사랑의 태양이라고 여겼던 적이 있다. 그 불꽃이 환하면 환할수록 뒤따라 오는 어둠은 더욱 더 짙었던 것이다.

이렇게 주위가 캄캄해졌을 때, 가슴속 깊이 외로움을 느꼈을 때, 그리고 숱한 사람들이 북적대며 지나쳐 가도 아무도 서로를 알아볼 수 없었을 때에 잊혀졌던 감정들이 우리의 내면에서 솟구쳐 오르게 된다. 우리는 그것의 정체를 알지 못한다. 그것은 사랑이 아니며 우정은 더더욱 아닌 까닭이다.

"혹시 절 모르시겠어요?" 하고, 차갑게 우리 곁을 스쳐 가는 사람들에게 묻고 싶어질 때가 있다. 그럴 때 사람과 사람 사이는 형제간보다도, 부자간보다도, 친구간보다도 더 밀착될 수 있을 듯한 느낌이 든다. 이어 남이란 우리의 가장 가까운 이웃이라는 말이 흡사 성서의 오래 된 잠언(箴言)처럼 우리의 영혼 속에 울려 퍼진다.

그럼에도도 불구하고 우리는 어째서 다른 사람 곁을 한 마디 말도 없이 스쳐 지나가 버리는 것일까? 모를 일이다. 그저 모른다고 대답할 수밖에 없다. 예를 들어 레일 위에서 열차 두 대가 엇갈려 질주한다고 가정하자. 그때 안면이 있는 사람이 눈인사를 보내려는 것을 발견했을 경우 내 쪽에서 스쳐 가는 친구의 손을 잡으려고 안간힘을 써 보라. 그러면 이 세상에서 왜 사람들이 사람의 곁을 아무 말없이 스쳐가는가를 깨닫게 될 것이다.

어느 성인聖人이 다음과 같이 말했다.

"나는 풍랑에 부서진 조각배의 파편들이 바다에 둥둥 떠 있는 것을 본 적이 있다. 그 가운데 몇 조각의 파편은 한 곳에 모여 잠깐 동안 함께 붙어 있었다. 잠시 후 다시 풍랑이 몰려와 하나는 서쪽, 나머지 하나는 동쪽으로 그 두 파편들을 갈라 놓고 말았다. 그것들은 이 세상에서 절대로 두 번 다시 만날 수가 없게 되었다. 인간의 운명 역시 그런 것이다. 다만 엄청난 풍랑을 본 사람이 아무도 없을 뿐이다."

세 번째 회상

어린 시절이 소유하고 있는, 하늘을 떠가는 구름은 오래도록 지속되는 것은 아니다. 잠시 따뜻한 눈물 같은 비를 뿌려 주고는 이내 멀리 사라져 버리는 것이다.

나는 얼마 안 지나 다시 그 성에 놀러 갔고 후작 부인은 내게 손을 내밀어 키스하는 것을 허용해 주었다. 그녀는 어린 공자와 공녀들을 데려다 주었다. 나는 그들과 전부터 친해 온 동무처럼 놀았다. 학교가 파한 후? 당시 나는 이미 학교에 다니고 있었다? 성에 놀러 갈 수 있었던 그날은 정말 즐거웠다.

그곳에는 갖고 싶은 것이 얼마든지 있었다. 예를 들면

어머니가 가게의 진열장 속을 가리키며 가난한 사람들이 한 주일 동안 일한 대가를 몽땅 지불해야만 살 수 있다고 하시던 값비싼 장난감도 있었다. 그리고 후작 부인에게 부탁만 하면 그것을 집에까지 가져와 어머니께도 구경시켜 드릴 수 있었고 간혹 내가 가질 수도 있었다. 말 잘 듣는 아이들에게만 사 준다고 아버지께서 말씀하시곤 하던, 서점에서 본 아름다운 그림책도 그 성에서는 이것저것 골라내 오래도록 볼 수 있었다.

어린 공자들이 소요하고 있는 것이면 동시에 내가 소유한 것이기도 했다. 적어도 나는 그렇게 생각하고 있었다. 왜냐하면 원하는 것을 무엇이나 가져갈 수 있을 뿐 아니라 그것을 다른 아이들에게도 나누어 주곤 했기 때문이다. 요컨대 나는 본질적인 의미의 공산주의자였다고 할 수 있다.

언젠가 이런 일도 있었다. 후작 부인이, 팔에 걸치면 마치 살아 있는 것처럼 보이는 금으로 만든 뱀을 우리에게 장난감으로 주었다. 나는 그 뱀을 팔에 걸치고 집으로 가고 있었다. 어머니를 깜짝 놀라게 할 생각이었다. 오는 도중에 어느 집 하녀가 그 뱀을 잠깐 보여 주지 않겠느냐며 이런 금으로 만든 뱀만 있으면 자기 남편을 감옥에서 빼낼 수 있을 거라고 말하는 것이었다. 나는 앞뒤 생각도 없이 망설이지 않고 그 여자에게 뱀을 주고 집으로 돌아왔다.

이튿날이 되자 굉장한 소동이 벌어졌다. 그 여자는 잡혀 와 울고 있었고 모여든 사람들은 그 여자가 뱀을 내게서 훔쳤다고 떠들어대는 것이었다. 나는 울화가 치밀었다. 그 뱀은 내가 그녀에게 분명히 주었으며 그것을 도로 받을 생각은 없다고 의협심을 발휘해 설명했다. 그 결과가 어떠했는지는 잘 모르겠다. 그러나 그런 일이 있은 뒤부터는 내가 집에 가져오는 것은 무엇이든지 일단 후작부인에게 허락을 받도록 했던 것만은 기억하고 있다.

하지만 내게 있어 내 것과 남의 것을 구별하는 능력이 완전히 발달하기까지는 꽤 오랜 시간이 걸렸다. 내 것과 남의 것의 구별은 빨간색과 푸른색을 구별하는 것과도 같이 내겐 오랫동안 얼떨떨한 일이었고 때로는 동무들 사이에서 웃음거리가 되기도 했었다.

어느 날이었다. 어머니가 내게 사과를 사 오라고 1그로셴의 은화를 주셨다. 사과값은 5페니에 불과했다. 사과장

수 여인에게 1그로센을 내밀자 처량한 표정을 지으면서 오늘은 하루 종일 한 개도 팔지 못했기 때문에 5페니의 거스름돈이 없으니 1그로센어치를 다 사 달라는 것이었다. 순간 나는 주머니 속에 5페니짜리 백동전이 있는 것이 생각나 그걸로 지금의 난처한 문제가 해결되리라는 기쁨으로 그것을 꺼내 보이며, "이거라면 거슬러 줄 수 있지?" 하고 말했더니 그녀는 내 말 뜻을 잘 모르겠다는 기색으로 그 은화를 내게 돌려주고 백동전을 받아 넣는 것이었다.

내가 거의 날마다 성에 있는 공자들과 같이 놀고 프랑스어를 함께 배우던 그 무렵에 또 하나의 형상이 개입된다. 후작의 딸로서 백작의 신분에 속하는 마리아라는 소녀였다. 그녀의 모친은 해산 후 곧 죽음을 맞았으므로 후작은 재혼을 했던 것이다. 최초로 그녀를 상면한 날이 언제인지 잘 기억나지 않는다. 그녀는 서서히 캄캄한 기억의 뒷전으로부터 다가온다. 처음에는 희미한 그림자처럼 보이지만 차츰 명료해지고 앞으로 다가와 마침내 폭풍우 치는 밤에 돌연 검은 구름의 베일을 벗어 젖힌 달님과도 같이 내 가슴속에서 빛나는 것이었다. 그녀는 언제나 병상에 누워 있었고 거의 말이 없었다. 늘 안정을 취하지 않으면 안 되었으므로 그녀가 긴 의자에 누워 있으면 하인 두 사람이 우리들 방으로 그 의자를 들어 옮겨 오고 피곤해지면 다시 옮겨 가곤 하였다.

그 여자는 주로 하얀 옷을 입고 있었으며 두 손을 단정하게 모아 쥐는 게 버릇이었다. 얼굴은 핼쑥하면서도 평온하고 아름다워 보였다. 두 눈에는 깊이를 잴 수 없는 신비로움이 서려 있어 그녀를 바라보면서 나는 "저 소녀도 역시 '남' 일까." 하고 자문하게 되는 것이었다. 간혹 그녀가 내 머리 위에 손을 올려 놓을 때도 있었다. 그럴 때면 내 몸 전체에 무슨 전류 같은 것이 흐르고 있는 듯 느껴져서 나는 꼼짝도 않고 입을 봉한 채 다만 그 여자의 신비하리만큼 깊은 눈을 바라볼 뿐이었다. 우리들과 거의 말은 하지 않았지만 그녀는 우리들이 노는 모습을 주의 깊게 바라보고 있었다. 너무 시끄럽게 요란을 떨거나 하면 흰 이마에 손을 올려 놓고 자는 듯 눈을 감을 뿐 아무 불평도 짜증도 내지 않았다.

때로는 기력이 많이 좋아졌다고 말하며 침상 위에 몸을 비스듬히 기대고 앉아 있기도 했다. 그럴 때면 그녀의 얼굴에는 새벽의 여명과도 같은 빛이 감돌고, 우리들에게 재미있는 이야기를 들려주곤 했다. 그 당시 나는 그녀의 나이를 잘 몰랐다. 너무도 허약하기 때문에 어린아이처럼 보이면서도 그 기품 있고, 차분한 몸가짐으로 미루어 보면 아무래도 어리다고는 할 수 없었다. 누구나 그녀를 상대로 말할 때는 무의식중에 어조가 부드러워지는 것이었다. 모두들 그녀를 '천사' 라든가 '고귀한 사람' '사랑스러운 것' 이라고 불렀던 기억이 지금도 생생하다.

그토록 나약하게 한마디 말도 없이 누워만 있는 그녀를 보고 있으면 저 소녀는 도저히 생활을 영위할 능력이라곤 없고 보람도 없이 죽는 날까지 늘 다른 사람들의 도움에 매달려 살아가야 하는 게 아닌가 하는 생각이 들고, 무엇 때문에 저런 여자가 세상에 보내졌을까 하고 스스로 반문하는 것이었다. 평온하게 천사의 품속에 안겨 있는 편이 훨씬 나을 텐데…… 하는 생각도 들었다. 그런 생각을 하다 보면 그녀의 고통을 함께 나누기 위해 그 고통의 일부를 내가 짊어져야만 한다는 느낌마저 드는 것이었다.

그러나 그런 마음을 그녀에게 모조리 전달할 도리가

없었다. 그런 말을 어떻게 해야 하는 것인지 방법을 알수 없었다. 그저 막연히 어떤 감정을 느낀 것에 불과한 것인지도 몰랐다. 그 느낌은 그녀의 목에 매달리겠다는 그런 종류의 것은 아니었다. 그런 행동은 도리어 그녀를 힘겹게 할 뿐이니까. 그러나 그녀가 고통에서 벗어나도록 마음속으로 기도할 수 있다고 생각하였다.

어느 따사로운 봄날, 그녀는 우리들 방으로 들려 들어왔다. 아주 핼쑥해 보였지만 눈은 평상시보다 진지하고 아름다웠다. 그녀는 침대 의자에 앉은 채 우리를 불렀다. 그리고 다음과 같이 말했다.

"오늘이 내 생일이란다. 아침 일찍 가서 견신례^{堅信禮}(가톨릭 신자에게 성령과 선물을 주어 신앙심을 더욱 굳게 하는 예식)를 올렸어. 그러니까 이제는 하느님이 나를 언제 부르셔도 마음 편히 갈 수가 있게 되었어."

그리고 자기 아버지를 향해 가만히 웃어 보이고 계속해 말했다.

"오래 너희들과 함께 있고 싶긴 하지만…… 내가 어느 때 너희들 곁을 떠나 가더라도 나를 잊어버리지는 않았으면 해. 그래서 여기 너희들 모두에게 나누어 줄 반지를 가져왔어. 지금은 이 반지를 둘째 손가락에 끼워 줘. 그러다가 크거든 반지를 앞으로 옮겨서 마지막엔 새끼손가락에 끼고 평생 동안 그걸 간직해 주길 바라.”

그리고는 자기 손가락에 끼고 있던 다섯 개의 반지를 하나씩 뽑았다. 반지를 뽑고 있는 그녀의 얼굴은 한없이 쓸쓸하면서도 부드러운 느낌을 주었다. 나는 두 눈을 크게 떠 눈물을 참았다.

그녀는 처음의 반지를 바로 손아래 동생한테 주며 입맞추고, 둘째, 셋째의 반지는 두 여동생에게 그리고 넷째 반지는 막내에게 주고, 줄 때마다 각각 키스해 주었다. 나는 옆에서 꼼짝 않고 그녀의 하얀 손만을 바라보고 있었다. 그녀의 손가락엔 아직 한 개의 반지가 남아 있었다.

그러나 그녀는 지친 듯 몸을 뒤로 기대었다. 그 순간 내 눈과 그녀의 눈이 마주쳤다. 어린아이란 입보다 눈을 통해 마음을 표현하는 법이므로 그녀는 이미 내 마음을 모두 파악한 것이 분명했다. 나는 그 마지막 반지를 갖고 싶다는 생각은 없었다. 다만 내가 ‘남’이기 때문에 그녀와 아무런 관계가 없고 동시에 나를 자기 동생들보다 덜

사랑한다는 것을 알았기 때문에 내 마음속으로 까닭 모
를 고통이 엄습했을 뿐이었다. 마치 혈관의 한 줄기가 끊
어지고 신경의 한 부분이 절단되는 것처럼 느껴졌다. 나
는 이 고통을 감추기 위하여 어디에 시선을 두어야 좋을
지조차 모를 지경이었다.

그러자 그녀는 몸을 일으켜 내 이마에 손을 올려놓더
니 내 눈을 한참 쳐다보았다. 너무나 진지하게 응시했기
때문에 나는 내 마음이 완전히 벌거벗겨지는 것 같았다.
그런 다음 천천히 손에서부터 그 반지를 뽑아,

"이건 내가 저세상으로 갈 때 지니고 가려던 것이지만
아무래도 네가 갖는 게 좋겠어. 그래서 내가 죽고 나면
이걸로 나를 추억해 줘. 이 반지엔 '주의 뜻대로' 라는 말
이 새겨져 있어. 너는 파격적이고도 부드러운 두 가지 성
격을 지고 있는데, 이 세상의 생활이 그 성격을 왜곡시켜
너무 강하게 변화시키지 않길 빌겠어."

이렇게 말하고 그녀는 동생들에게 했듯이 반지를 건네
주고는 키스를 했다.

그 순간 내 마음속에 어떤 감정을 느꼈는지는 잘 기억
이 나지 않는다. 나는 그때 이미 소년이었다. 그러므로

고통에 시달리는 천사의 온화한 아름다움에 빠져들지 않을 수가 없었다. 나는 한 소년에게 있어 가능한 최대의 사랑을 그녀에게 느끼고 있었다. 따지고 보면 소년의 사랑에는 청년이나 장년의 경우와는 달리 순수함과 진실과 천진함이 있는 것이다. 하지만 나는 이 소녀가 남이며 사랑의 감정을 나타낼 수 없는 인간에 속하고 있다고 믿고 있었다.

나는 그녀의 진지한 말을 제대로 이해할 수가 없었다. 그냥 그녀와 나의 마음은 두 인간 사이에 존재할 수 있는 가장 밀접한 유대를 느꼈을 뿐이었다. 모든 고통이 내 마음으로부터 사라졌다. 나는 이미 외롭지 않았으며 남이거나 소외된 자가 아니라 그녀의 곁에 있고, 그녀와 함께 존재하고, 그녀의 마음속에 있음을 느꼈다. 그녀가 반지를 내게 준 것은 그녀에게 있어서는 희생이며 정말로는 반지를 그냥 무덤에까지 가져가고 싶었을 것이라고 생각했다. 그러자 내 마음 속에 어떤 생각이 떠올라 다른 감정을 모두 억누를 수 있었다. 나는 떨리는 음성으로,

"이 반지, 내게 주기보다는 그냥 네가 갖고 있어. 네 것은 모두 내 것이니까." 하고 말했다.

　　그녀는 의아한 표정으로 반지를 받아 자기 손가락에 다시 낀 후 내 이마에 키스를 하고 조용한 어조로 이렇게 말했다.

　　"너는 내가 무슨 말을 했는지 잘 모르고 있는 것 같아. 그 말의 의미를 이해할 수 있도록 공부해. 그러면 너도 행복해지고 다른 사람들도 행복하게 해 줄 수 있을 거야."

네 번째 회상

　그 누구의 인생에 있어서도 한 번은 먼지에 뒤덮인 포플러 나무가 늘어선 단조로운 길을, 자기 자신이 어디로 가는 중인지도 모르고 무작정 걸어가는 시기가 있는 법이다. 그럴 때 떠오르는 것은 자기가 오래 헤매었다는 것과 늙었다는 회한 어린 감정뿐 다른 어떤 생각도 남아 있지 않다. 인생이라는 강이 변함없이 흐르고 있다면, 그 자체는 언제나 똑같은 강이며 바뀌는 것은 강 주위의 풍경뿐이다.

　그러나 조만간 인생의 폭포가 닥쳐온다. 그것은 영원히 잊혀지지 않고 우리가 그 단계를 완전히 벗어나 고요하고 거대한 바다로 서서히 나아갈 때에도 폭포의 엄청난 굉음이 귀에 생생하다. 더군다나 그 소리는 우리 안에 뿌리를 내리고 우리로 하여금 앞으로 전진하게 하는 생명력까지도 완전히 그 근원과 힘을 그 폭포로부터 얻은 것같이 여기게 만드는 것이다.

학창시절은 지나갔다. 찬란했던 첫 대학생활도 지났다. 동시에 인생의 온갖 아름다운 꿈들도 사라졌다. 그래도 신과 인간에 대한 믿음은 아직까지도 남아 있다. 인생이란 나이 작은 머리로 상상하던 그런 것은 아니었다. 그 대신 나는 무엇보다도 소중한 영감을 얻었다. 인생에 있어 불가해한 것과 슬픔이라는 것이 이 세상의 한 부분에만 존재한다는 사실을 신神이 증명하는 것이라고 생각하게 되었다.

'신의 뜻이라면 어떤 사소한 일도 너를 엄습할 수 없다.'는 것이 이제까지 살아오면서 내가 얻은 인생훈人生訓이었다.

나는 여름방학을 이용해 내가 태어난 작은 고장으로 돌아왔다. 재회라는 것은 얼마나 즐거운 일일까! 누구도 해명할 수는 없겠지만 재회, 재발견, 추억 등은 대체로 모든 기쁨과 만족의 원인인 것이다. 최초로 보는 것, 듣는 것, 음미하는 것 등은 화려하고 위대하고 신선한 일이다. 하지만 그러한 것들은 놀라움으로써 들뜨게 할 뿐 안정성이 없고 향락하려는 노력이 향락 자체보다도 더 큰 것이다. 그러나 옛 음악을 다시 들으면 잊어버린 옛 친구를 만난 듯한 느낌을 갖게 되는 경우라든가, 혹은 오래간만에 드레스덴의 성모상 앞에서 언젠가 보았던 어린 예수의 온화한 시선이 불러일으켰던 우리 마음속의 온갖 감동을 되살려 줄 때라든가, 혹은 학창시절 이후 전혀 관심을 갖지 않았던 꽃 향기를 맡아 본다든가, 그 시절의 음식을 맛보는 일에서까지도 우리는 마음의 기쁨을 얻게 되어 현재의 삶을 즐기고 있는지 추억을 즐기고 있는지 알 수 없는 기분에 휩싸이는 것이다.

오래간만에 고향에 돌아온 사람의 마음은 무의식중에 추억이란 바다 속에서 헤엄치게 된다. 그러면 밀려오는 파도는 몽상에 잠긴 그 사람을 지나간 먼 과거의 바닷가로 이끌어 간다. 종탑의 종이 울려 퍼지면 학교에 지각할 것만 같은 느낌이 들지만, 곧 그런 걱정에서 벗어났을 때 이제는 걱정할 아무것도 없다는 것을 기쁘게 여기게 된다. 개 한 마리가 길을 가로질러 달려간다. 그 개는 예전에 사람들이 겁을 먹고 멀리 돌아 피해 가던 바로 그 개다. 그리고 이곳에는 오래 전부터 물건을 파는 여인이 있다. 그 여인이 팔던 사과는 전에 우리들의 마음을 몹시도 빼앗았었다. 그렇기 때문에 먼지가 부옇게 앉아 있는 그 사과는 지금도 세상의 어느 사과보다도 맛있을 것 같은 느낌을 준다.

저 건너 낡은 집은 헐리고 새 집이 서 있다. 그 집은 원래 우리를 가르친 나이 든 음악 교사가 살던 집이었다. 그분은 벌써 이 세상 사람이 아니다. 그러나 옛날 어느 여름날 저녁 같은 때 그 집 창가에 서서 하루 일과를 끝낸 그 성실한 선생님이 단지 자기 자신의 즐거움을 위해 즉흥곡을 연주하는 것을 몰래 엿듣곤 했는데 그것은 퍽 즐거운 일이었다. 그 음악은 흡사 하루 종일 꽉 막아 두었던 증기기관이 이제는 쓸모가 없게 된 증기를 모조리 엄청난 힘으로 쏟아내는 것과 같았다.

또한 그곳엔 작은 파코라(나무를 아치형으로 올린 것)? 그 당시에는 아주 크게 보였었다? 가 있었다. 어느 날 저녁 거기서 늦게 집에 돌아오는 길에 나는 이웃집 딸과 만났

다. 나로서는 그때 그 소녀를 바라본다든가 이야기를 꺼
낸다든가 하는 일은 도저히 가능하지가 않았을 때이며
우리 남학생들은 학교에서 그저 그 소녀에 대해 이야기
꽃을 피웠다. 그 애는 정말 명성만큼 아름다운 소녀였다.
그 소녀가 저만치서 지나가는 것을 보기만 해도 나는 가
슴이 두근거렸고 곁에 가까이 간다는 것은 생각조차 할
수 없었다.

그러던 어느 날 저녁 무렵 묘지로 가는 길목의 그 작은
'파코라' 근처에서 나는 그 소녀와 마주쳤다. 서로 한 번
도 이야기한 적이 없는 사이인데도 그 소녀는 선뜻 내 팔
을 잡고 같이 집으로 가자고 하는 것이었다. 나는 함께
돌아오는 도중 내내 꿀 먹은 벙어리 꼴이었다. 아마 그
소녀도 입을 다물고 있었던 것 같다. 그런데도 나는 몹시
행복한 기분에 휩싸여 있었기 때문에 오랜 세월이 지난
오늘날에 와서도 그때 일을 생각하면 다시 한 번 그런 기
회가 찾아와 그 아름다운 소녀와 손을 잡고 아무 말 없이
행복하게 집으로 돌아와 봤으면 하는 생각이 든다.

이처럼 추억은 끝도 없이 이어져 떠올라 마침내는 그
추억의 물결이 우리의 머리를 뒤덮고 가슴은 긴 한숨을

몰아 쉬며 여태껏 추억에 잠기느라 숨쉬는 것마저 잊을 정도였다는 것을 깨닫는다. 그리고 잠시 후 이 몽상의 나래는 슬그머니 자취를 감추고 만다. 흡사 새벽 닭 울음에 유령이 질겁을 하고 사라지는 것과도 같이, 그때 내가 오래 된 성을 지나 보리수 곁에 와서 기마병이 보초를 서고 있는 것과 높은 층계를 보았을 때 내 마음에 다가온 추억은 어떤 것이었을까! 많은 것들이 어쩌면 그토록 변했으랴!

내가 그 성에 드나들지 않은 지 벌써 수년이 지난 것이다. 후작 부인은 세상을 떠나고 후작은 공적인 일에서 물러나 이탈리아에서 살고 있었으므로 나와 함께 자라난 큰 공자가 영주領主가 되어 있었다. 당시 그의 주변엔 젊은 귀족이나 장교들이 가까이 있었고, 그 공자도 그들과 어울리는 걸 좋아했으므로 옛 친구인 나와는 자연히 거리가 생겼다. 그 밖에도 우리 둘 사이의 친분을 방해하는 것이 있었다. 이를테면 나도 독일 국민생활의 결함과 독일 역대 정권의 그릇된 점을 비로소 감지한 젊은이들처럼 자유당의 상투어를 배웠던 것이다. 나의 이러한 변화는 전통적으로 이 성에 있어서나 엄격한 목사의 가정에 있어서는 천박한 언동으로 받아들여졌던 것이다.

　어쨌든 나는 꽤 오래간만에 그 층계를 오르는 셈이었다. 그러나 저 성 안에는 내가 거의 날마다 이름을 불러 보고 또 한 번도 뇌리에서 사라진 적이 없는 한 사람이 살고 있었다. 나는 이미 전부터 그녀와는 절대로 만날 수 없으리라고 생각하고 있었다. 더욱이 그녀는 내 마음속에서 실재적인 존재가 아니며 또한 살아 있다고도 할 수 없는 그런 경지까지 확대되어 있었다. 그녀는 나의 수호신으로서 ? 어떤 일에 부딪칠 때 함께 의논함으로써 혼자가 아니라는 걸 일깨워 주는 나의 또 하나의 자아^{自我}라고도 할 수 있었다. 그녀가 어떻게 내게 그런 존재로 심어졌는지 나 역시 잘 설명할 수가 없다. 왜냐하면 나는 그녀를 제대로 안다고 하는 입장이 아니었기 때문이다. 사람의 눈이 하늘에 뜬 구름을 온갖 이상스런 형태로 변화시켜 보이듯 나의 공상이란 작용이 내 소년시절의 하늘에 이와 같은 희미한 환상을 불러일으켜 현실로부터의 암시적인 윤곽을 바탕으로 상상의 완전한 초상화를 그려 내었을 것이다. 내가 생각하는 모든 것은 무의식중에 그녀와의 대화 형식으로 이루어졌다. 내 내면의 선량함, 노

력의 목표, 신앙의 대상, 보다 탁월한 나라는 존재 자체
등 어떠한 것도 그녀에게 속해 있었고, 또 내가 그녀에게
부여한 것이었고, 내 수호신인 그녀의 입으로부터 비롯
된 것이었다.

　양친이 계신 집에 돌아온 지 얼마 되지 않은 어느 날
아침 나는 한 통의 편지를 받았다. 그것은 백작의 딸 마
리아가 보낸 영어로 씌어진 편지였다.

　나는 곧 영문으로 오후에 찾아 뵙겠다는 회답을 보냈
다. '스위스 오두막집'은 성 안에 있는 건물 중의 하나를
말하는 것으로 정원 바깥 쪽에 있어 성의 현관 앞을 지나

지 않고도 갈 수 있는 곳이었다.

　나는 모든 감정을 절제하고 격식과 예의에 맞게 처신하겠다고 마음먹었다. 우선 마음속의 천사를 차분히 설득시킴으로써 그녀가 천사와는 전혀 무관한 존재라는 것을 확신하려 애썼다. 좀처럼 내 마음은 침착해지지 않고 그 천사도 나에게 용기를 북돋아 주려고 하지 않았다. 마침내 나는 가까스로 용기를 내서 삶이라는 가면무도회에 관해 무엇인가를 중얼거리며 절반쯤 열린 문을 두드렸다.

　방에는 아무도 없었다. 한 낯선 여자가 오더니 '백작 영양이 이제 곧 오실 거' 라고 역시 영어로 말하는 것이었다. 그리고 그녀가 이내 방에서 나가 버렸으므로 나는 혼자 충분히 주위를 둘러볼 수 있었다. 떡갈나무로 된 사면의 벽엔 돌아가며 십자형의 창이 나 있었고, 잎이 커다란 담쟁이가 주위를 온통 뒤덮고 있었다. 의자와 탁자 또한 떡갈나무로 만든 물건이고, 모두 훌륭한 조각으로 장식되어 있었다. 방의 바닥은 마루였다.

　방 안엔 낯익은 물건들이 많이 있는 데도 전혀 다른 느낌을 주고 있었다. 옛날에 우리가 놀던 방에서 자주 보던 것들은 제외하고도 그 밖의 새로운 물건들, 이를테면 새로운 초상화 같은 것도 대학시절에 내가 내 방에다 걸어 놓았던 것과 똑같았다. 피아노 위에는 베토벤, 헨델, 멘델스존의 초상화가 걸려 있었는데 그것 역시 내가 선택했던 것과 일치했다. 구석에 세워 둔 미로의 〈비너스〉는 내가 고대의 조각품 가운데 제일 아름다운 것으로 여기고 있는 바로 그것이었다. 탁자 위에는 단테, 셰익스피어의 책, 타울레르의 〈독일신학〉, 뤼케르트의 시집, 테니슨과 버언즈 등의 시집을, 그리고 칼라일의 〈과거와 현재〉…… 등 그 어떤 것도 내 서재에 있지 않은 게 없었고 얼마 전까지 읽고 있던 것들이었다.

나는 깊은 상념에 빠져드는 것을 느꼈지만 이내 마음을 가라앉히고 돌아가신 후작 부인의 초상 앞에 다가섰다. 그 순간 문이 열리더니 어린 시절 자주 보았던 두 남자가 백작의 딸을 안락의자에 앉혀서 방으로 데려왔다.

아, 사람의 형상이 저럴 수가 있단 말인가! 조용한 그 얼굴은 호수처럼 잔잔하였다. 두 남자가 방을 나가자 그녀는 내 쪽을 바라보았다. 옛날 그대로의 신비에 가득 찬 눈이었다. 그녀의 얼굴엔 차차 밝은 빛이 서리더니 드디어 환하게 웃음을 띤 표정으로 이렇게 말했다.

“우리는 옛 친구네요. 거의 변한 것 같지가 않아요. 나는’ 지(Sie: 당신의 존댓말)’란 말을 쓰기도 어색하고 ’ 두(Du: 너)’라고 할 수도 없으니까 그냥 영어로 말하겠어요. 두 유 언더스탠드 미?(이해해 주시겠죠?)”

이토록 기꺼이 맞아 주리라곤 전혀 기대하지 않았었다. 그리고 가면무도회가 아니란 것도 분명해졌다. 지금 여기 있는 것은 한 영혼을 갈구하는 또 하나의 영혼일 뿐이다. 혹은 두 친구가 변장하고 검은 가면을 썼음에도 불구하고 단순히 눈빛을 교환하는 것만으로도 서로 마음이 통하는 그런 인사가 거기 있었다. 내게 내민 그녀의 손을 잡으며 나는 말했다.

“천사를 향해 지(Sie)라는 말을 쓸 수는 없지요.”

하지만 사회의 격식이나 관습이라는 것의 영향력은 놀라운 것이므로 아무리 다정한 사람에 대해서도 자연의 어휘를 쓴다는 것은 얼마나 어려운 일인지 모른다. 무슨 말을 해야 할지 몰랐으므로 우리는 서로 어색함을 느꼈다. 나는 침묵을 깨려고,

“사람이라는 존재는 어린 시절부터 새장 안에서 생활하는 버릇에 길들여졌기 때문에 자유를 얻게 된다 해도

선불리 날개를 펴지 못하고 약간 높이 날아오르면 무언
가 부딪치지나 않을까 지레 겁을 먹는 것 같습니다.”

하고 말했다.

“정말 맞는 말이에요. 그러나 할 수 없죠. 별도리가 없
으니까요. 사람들은 이따금 숲 속을 날아다니는 새처럼
나뭇가지 위에서 서로 만나 격식을 차릴 필요 없이 같이
노래 부르는 신분이 되고 싶어 하지만 같은 새들 가운데
도 부엉이나 참새 같은 것들이 있어 그런 것들에게는 모
른 체하고 지나야 이 세상은 편할 때가 있어요. 삶은 간
혹 문학과 같다는 생각이 들죠. 참된 시인만이 더할 나위
없는 아름다움과 진실을 뛰어난 음률로 자유롭게 표현할
수 있듯이 사람들도 자신의 뜻을 발표할 자유를 사회의
온갖 구속과 대항해 그대로 지켜 나가지 않으면 안 된다
고 생각해요.”

나는 그 순간 플라톤의 시구詩句를 떠올리지 않을 수 없
었다.

‘어디에서든지
무한한 것으로서 존재하는 것은

"정말 옳은 말이군요. 그러나 내게도 어떤 특권이 있어요. 그것은 나의 병과 외로움이죠. 나는 간혹 젊은 남녀들을 애처롭게 여길 때가 있어요. 그 사람들은 그들이 사랑이라고 말하는 것이 없이는 절대로 다정한 사이가 될 수 없다고 생각하고 있기 때문이지요. 그래서 그들은 손해를 보고 있는 거예요. 소녀들은 자기의 영혼 속에서 잠자고 있는 것이 무엇인지 훌륭한 남자친구의 적절한 충고를 통하여 무엇이 일깨워지는지 도무지 알지를 못해요. 또한 젊은 남자들은 여자가 자기 마음속의 갈등을 멀리서 지켜 준다면 여러 가지 기사적인 미덕을 되찾을 수 있을 텐데요. 그런 일은 좀처럼 쉽게 되지 않는 듯해요. 사랑과 사랑이라고 부르는 것이 끼어들기 때문이죠. 가슴이 설렌다든가, 희망의 물결이라든가, 아름다운 얼굴에서 기쁨을 느낀다든가, 달콤한 감상이라든지, 때에 따라선 이기적인 타산이라든가, 다시 말하면 인간의 본질적인 순수한 형태로서의 대양과 같은 고요를 방해하는 것이 나타나는 것이에요."

말을 마친 후 그녀는 잠깐 입을 다물었다. 피곤한 기색이 그녀의 얼굴에 역력했다. 그녀는 다시 이렇게 말했다.

"오늘은 더 이상 말을 계속할 수가 없군요. 우리 집 주치의께서 못하게 하니까요. 멘델스존의 음악을 듣고 싶군요. 그 이중주 말이에요. 그 곡은 예전에 당신이 자주 치곤 했었죠?"

나는 한순간 말을 잃었다. 왜냐하면 그녀가 말을 멈추고 두 손을 옛날처럼 모아 쥐었을 때 나는 그녀의 새끼손가락에 한 개의 반지가 끼워진 것을 발견했기 때문이다.

그것은 그녀가 내게, 다시 내가 그녀에게 준 것이었다.

머릿속에 온갖 생각들이 너무도 벅차게 몰려왔으므로 나는 말을 잇지 못했던 것이다.

나는 가만히 피아노 앞에 앉아 멘델스존의 이중주를 연주하기 시작했다. 연주를 마친 후 나는 그녀를 바라보면서,

"이렇게 아무 말도 없이 선율만 가지고 마음을 전달할 수 있다면……"

하고 중얼거렸다.

"가능한 일이에요. 지금 나는 모두 이해했으니까요. 그러나 오늘은 이만 헤어져야겠어요. 날마다 조금씩 더 쇠약해져 가고 있으니까. 당신과 훨씬 가깝게 지내고 싶어요. 병약하고 애처로운 인간은 언제나 너그러운 배려를 바라는 법이죠. 내일 또 이맘때쯤 ? 괜찮으시겠어요?"

나는 그녀의 손을 잡고 그 손에 키스하려 했다. 그러나 그녀는 그냥 내 손을 부여잡은 채 힘껏 누르면 말했다.

"이젠 됐어요. 그럼 안녕히 가세요."

다섯 번째 회상

어떤 기분에 사로잡혀 어떻게 집으로 돌아왔는지 설명하기가 어렵다. 사람의 감정이란 말로 표현하기 힘든 경우가 대부분인 것이다. 더할 나위 없는 기쁨이나 슬픔에 휩싸인 순간에는 누구에게나 자기 혼자만이 연주하는 '말없는 생각'이라는 음악에 잠기게 된다. 그날 내가 느꼈던 것은 기쁨도, 또한 슬픔도 아니었다. 도저히 말로는 나타낼 수 없는 경이로움이었다. 마음속에서는 온갖 사념들이 유성처럼 흐르고 있었다. 하늘로부터 이 땅 위에 내려오려고 해도, 그 목적을 이루기 전에 모조리 타 버리고 마는 별똥들이 어지럽게 날고 있었다. 사람들이 꿈속에서 "너는 꿈을 꾸고 있어." 하고 스스로 자각시키는 경우가 있듯이, 나도 나 자신에게 "너는 살아 있다. 그녀 역시……" 하고 중얼거렸다.

나는 다시 냉정을 되찾고 침착해지려 애썼다. '그녀는 애정이 필요한 인간이다. 진정 비범한 감성의 소유자다……' 나는 그녀에 대해 연민을 느끼기 시작하며 이번 방학 중 그녀와 같이 보내게 될 즐거운 오후를 상상하였다. 하지만 그런 것이 아니다. 아니다, 나의 기분은 결코 그런 것이 아니었다. 그녀야말로 내가 갈망하고 그리워하고 믿어 온 모든 것이었다. 여기 한 인간이 ? 봄날의 아침마냥 맑고 순수한 영혼이 ? 존재하고 있었던 것이다. 나는 그녀가 어떤 인간이며, 무엇이 그녀의 내면에 존재하는지를 첫눈에 파악할 수 있었다. 우리가 서로 만난 순간 알아차렸던 것이다. 내 마음의 수호신 ? 그 여자는 이제 대답할 수가 없다. 이 글을 쓰고 있는 지금 그녀는 이미 이 세상에 없으니까. 나는 그녀를 이제 어디서도 찾을 수 없다는 것을 알고 있다.

다시 행복한 생활이 펼쳐졌다. 나는 날마다 저녁 무렵이면 그녀를 찾아갔다. 우리는 이내 서로가 진정한 옛 친구라는 것을 알았으며, 서로 '두' 라고 부를 수밖에 없다는 걸 깨달았다. 왜냐하면 우리는 한 번도 헤어지지 않고

언제나 함께 지냈던 것처럼 느껴졌으며, 그녀를 감동시
키는 것은 어떤 것이나 내 마음에도 역시 닿아 왔고 내가
나의 생각을 이야기하면 그녀 또한 자신의 생각도 똑같
다고 공감해 주었기 때문이다.

　나는 언젠가 당대의 유명한 음악가가 자기 누이와 함
께 피아노 앞에 앉아 즉흥곡을 연주하는 것을 들어 본 일
이 있다. 그 두 사람이 완전히 능숙하게 악상을 표현하고
서로 이해하고 마음을 합하여 반 음도 어긋나지 않고 하
모니를 이루어 연주하는 것이 도무지 실감이 나지 않아
의문스럽게 생각했었다. 이제는 그것이 이해되었다. 이
제야 내 마음은 생각하던 것 같이 약한 것이 아니라는 것
을 알게 되었다. 더욱이 온갖 나무의 새순과 꽃봉오리를
피워 올리기에는 단지 태양만이 필요한 게 아닌가 하는
생각이 들 정도였다. 그리고 나와 그녀의 가슴을 스치고
지나간 봄은 얼마나 슬픈 것이었던가?

　우리는 오월의 장미가 그토록 빨리 시들 줄은 상상도
못했었다. 그러나 매일 저녁 그 꽃잎이 한 잎 한 잎 땅에
떨어지고 있다는 예감은 들었었다. 그녀가 나보다 먼저
그것을 감지하고 내게 알려주었다. 그러나 그녀는 그것
에 대해 그다지 괴로워하는 기색은 보이지 않았다. 우리

들의 대화는 날이 갈수록 더 진지해지고 비장해져 가고 있었다.

하루는 저녁 무렵 내가 집으로 돌아가려 할 때 그녀가 이런 말을 했다.

"내가 이토록 오래 살 줄은 정말 생각지 못했어요. 견신례 올리던 날 당신에게 이 반지를 주었을 때 나는 곧 죽게 되리라 생각했어요. 그런데 지금까지 살 수 있어서 온갖 아름다운 것들을 음미하게 되었군요. 물론 고통스러운 일도 꽤 많았지만…… 하지만 그런 건 되도록 잊어버리려고 해요. 이제 헤어질 시간이 다가온다고 생각하니 1분 1초가 더 소중하게 느껴져요. 그럼 안녕히, 내일 늦지 말아 주세요."

한번은 그녀의 방에 들어서자 한 이탈리아인 화가가 그녀와 마주 앉아 있었다. 그녀는 이탈리아어로 화가와 이야기를 나누고 있었다. 그 화가는 예술가라고 하기보다는 직업인의 입장에 가까운 사람인 듯하였다. 그런 사람에게조차 부드럽고 겸허하게 성의를 보이며 이야기하는 그녀를 바라보면서 나는 그녀의 고귀한 품성과 순수한 마음씨에 탄복하지 않을 수 없었다. 화가가 가고 난 후 그녀가 내게 말했다.

"그림을 한 장 보여 드릴게요. 분명히 마음에 들 거예요. 원화原畵는 파리의 박물관에 소장돼 있는 거예요. 언젠가 그 그림에 관해 쓴 글을 읽은 적이 있어서 조금 전의 그 화가에게 복사화를 그려 받았죠."

그리고 내게 그림을 건네주고는 내 생각을 말해 달라는 것이었다. 그림은 독일의 고대 복장을 한 늙은 남자의 초상이었다. 그 표정은 몽상에 잠긴 듯했고 경건한 진실미가 있어 한때 이 세상에 살았던 사람이라는 것이 너무도 분명했다. 그림의 전체적인 색조는 짙은 갈색으로 되어 있었고, 풍경을 배경으로 하여 지평선 멀리 새벽의 어스름한 여명이 표현되어 있었다. 이 그림에서 이렇다 할 아무것도 발견할 수가 없었지만 무언가 마음을 끄는 차분한 느낌을 주어 몇 시간 동안 바라보아도 지루하지 않을 것 같았다.

내가 그녀에게 말했다.

"인물 초상으로는 이 그림을 뛰어넘는 작품은 흔치 않을 겁니다. 라파엘이라 해도 이 정도 수준은 못 될 거예요."

"물론이죠. 그럼 내가 왜 이 그림을 손에 넣으려 했는지 말해 드리겠어요. 내가 읽은 글에 의하면 이 그림은 누가 그렸는지도 초상의 모델이 누구인지도 전혀 알려지지 않았다고 해요. 대강 짐작으로 중세 철학자의 초상이 아닌가 하는 정도죠. 내 방엔 바로 이런 그림이 필요했어요. 당신도 알겠지만 저 〈독일 신학〉의 저자가 누구인지 아무도 모르고 그의 초상조차 전해지지 않고 있잖아요. 그래서 화가도, 모델도 미상인 이 초상이 〈독일 신학〉의 저자로서 어울리지 않을까 하는 생각이었어요. 당신이 반대하지만 않는다면 이 그림을 〈알비 당원〉과 〈보쿠움의 국회〉 중간에 걸고 〈독일 신학자〉라고 명명했으면 좋겠어요.”

“멋진 생각이군요. 한 가지 걸리는 게 있다면 프랑크푸르트 사람이라고 보기엔 너무 건장하고 남자다운 것 같습니다.”

내 말에 그녀가 이렇게 답했다.

“아마 그럴지도 모르지요. 그래도 나처럼 병이 깊어 사경에 가까운 사람들에게 이 책은 커다란 위안과 힘을 길러줄 수 있었어요. 이 책에 대해 몹시 고맙게 생각하고 있어요. 기독교의 교리를 아주 알기 쉽게 가르쳐 주었거든요. 이 책을 저술한 옛 학자가 누구이든 간에 그 교리는 내게 믿음을 자유롭게 선택하게 해 주었지요. 그의 가르침은 전혀 일방적인 강제성이 없었으니까요.

그러면서도 그 가르침은 엄청난 힘으로 내 마음속에 파고들었기 때문에 비로소 나는 계시啓示가 무엇인가를 안 것 같아요. 숱한 사람들이 진정한 기독교 교리를 받아들이지 못하는 까닭은 우리의 내면에 계시가 나타나기를 기다리는 게 아니라 애초부터 기독교를 계시 그 자체로 생각하기 때문인 것 같아요. 그래서 나 역시 무척 불안했어요. 내가 내 종교의 진실성과 신성함에 의혹을 품었기 때문에 불안했던 게 아니라 남들로부터 억지로 주입된 신앙은 아무 소용이 없다는 인식과, 어릴 적부터 전혀 이해하지도 못하면서 습관적으로 몸에 밴 신앙은 사실상 내 것이 아니라고 생각했기 때문이에요. 다른 사람이 우리 대신 살거나 죽어 줄 수 없는 것처럼 아무도 우리 대신 믿어 줄 수는 없는 거예요."

"대신 믿어 준다는 건 전혀 불가능하죠. 기독교의 가르침이 사도들이나 초기 신자들의 가슴을 철저히 사로잡았듯이 우리의 가슴을 순리적으로, 그리고 완전히 사로잡는 것이 아니라, 요즘은 코흘리개 적부터 어마어마한 교회의 신성불가침의 율법으로서 우리를 내리눌러 이른바 신앙이라는 절대 복종을 강요하는 데에 온갖 두렵고 고통스러운 갈등의 원인이 있는 것입니다. 사색의 능력과 진리에 대한 추구하는 마음을 가진 사람에겐 어차피 의혹이 생기게 마련입니다. 다시 말해 우리가 신앙을 추구하는 올바른 길 위에 있으면서도 우리의 내면 어딘가에서는 의혹과 불안이라는 괴물이 나타나 새 생명의 평탄한 발전을 방해하는 것입니다."

내가 그녀의 말에 동의하자 그녀는 다시 이렇게 말했다.

"최근에 난 진리가 계시의 형식으로 나타나는 것이지, 계시가 진리를 낳는 것이 아니라고 주장한 영문 원서를 한 권 읽었어요. 그것은 예전에 〈독일 신학〉을 접했을 때의 느낌을 정확하게 표현해 주는 말이었어요. 이 신학서를 읽은 후에는 강렬한 진리의 힘에 휩싸여 그걸 도저히 믿지 않을 수가 없었어요. 진리라는 것이 뚜렷해지고 신앙이 어떤 것인가를 비로소 깨닫게 되었지요. 오랜 기간 내 안에 잠들어 있던 진리가 드디어 내 것이 된 거예요. 그 이름 모를 현인의 가르침이 강렬한 빛으로 내 속에 파고들어 내 마음의 눈을 일깨우고, 흐릿하던 예감을 밝고 뚜렷하게 비춰 주었어요.

나는 어떻게 하면 신앙을 지닐 수 있을까 곰곰이 생각

한 끝에 복음서를 읽기로 결심했어요. 복음서는 한 사람이 저술한 것이 아니라는 걸 염두에 두고 말이에요. 복음서란 것은 성령의 힘에 의하여 사도들이 예지를 얻어 종교회의에서 비준되고 교회에 의하여 신앙의 최고 권위로 인정되었다는 것 같은 식의 사고방식을 가능한 한 내 머리로부터 제거하려고 애썼어요. 그렇게 해서 처음으로 기독교의 신앙이 무엇이며 기독교의 계시란 어떤 것인가를 알 수 있었어요."

"신학자들이 우리들로부터 종교란 것을 철저히 말살하지 않은 게 오히려 신기하게 느껴지는군요. 만일 신실한 신도들이 '그 정도로 그쳐 주십시오.' 하고 그들을 제지하지 않았더라면 신학자들은 분명히 종교를 완전히 파괴해 버리고 말았을 것입니다. 어떤 종류의 교회든지 하인이 필요하기는 해도 지상의 모든 종교들 가운데 목사, 바라문교의 중, 불교의 중, 라마승, 바리새교의 율법학자 따위에 의해 오염되고 파괴되지 않은 종교는 하나도 없는 것입니다. 그들은 교구의 신도들은 거의 알아듣지 못하는 말로 논쟁하고 싸움을 벌입니다. 자기네들이 복음서로부터 예지를 얻어 그 예지로 다른 사람들을 감화시키지는 않고 복음서란 것이 예지를 부여받은 사람들에

의하여 기초되었으므로 그것이 진리임에 분명하다는 것을 증명하기에만 급급해 하는 것입니다.

그러나 그런 증명은 그들의 의혹을 은폐하려는 수단에 불과합니다. 대부분 복음서의 저자들이 신비한 방법으로 예지를 얻었다는 사실을 목사들 자신이 그것을 체험해 보지도 않고서 어떻게 알 수 있겠습니까? 그 때문에 한편으로는 예지의 선물을 교회의 초기 개척자들과 종교회의의 결의에서 추대된 사람들에게까지 넓혀 가 그들에게도 예지가 깃들었다는 것을 주장하려 듭니다. 그렇다면 50명의 목사 가운데 26명이 예지를 얻고 24명이 얻지 못했다는 것을 어떻게 구별하는가 하는 또 다른 난점이 생깁니다. 그래서 마침내는 교회의 지도자들은 머리에 축복의 손을 얹음으로써 예지와 성스러움을 지니게 되며, 그 신성함과 지지와 예지는 내적인 확신, 귀의, 헌신, 숭고한 신관神觀 따위의 모든 것을 초월한다고 주장하게 되는 것입니다.

하지만 이러한 온갖 중간 관념에도 불구하고 최초의 의문이 그대로 우리에게 되돌아 오게 됩니다. 이를 테면 B라는 사람은 A라는 사람이 예지를 얻어 사실을 제 자신이 그만큼이나 그 이상의 예지를 얻지 못한 상황에서 어떻게 이해할 수 있는가 하는 의문입니다. 그런 까닭에 스스로 예지를 부여받았는지 안 받았는지를 아는 것은, A가 예지를 얻었는지 아닌지를 아는 것보다 몇 배 더 어려운 일입니다.”

“난 그렇게까지 깊이 생각하고 있지는 않았어요.”

그녀는 내 주장에 이렇게 운을 뗀 뒤 자기 생각을 계속 말했다.

“사랑에 있어서도 누군가가 자기를 사랑한다는 것을 깨닫기란 정말 어려운 일이라고 생각해요. 진실한 사랑은 드러나지 않으니까요. 그래서 난 이렇게 생각해 보았어요…… 자기가 사랑한다는 것을 자각한 사람 말고는 누구도 사랑을 받고 있다는 것을 알지 못하는 것이라고요. 그런 사람이라도 자기의 사랑을 신뢰할 수 있는 한도 내에서 타인의 사랑을 신뢰할 수 있는 거예요. 예지의 선물도 사랑의 선물과 마찬가지라는 생각이에요. 은총을 받은 사람은 하늘로부터 폭풍이 몰아치는 소리에 열병을 앓듯이 혀가 바싹 마르는 거죠. 그걸 보고 다른 사람들은 눈이 휘둥그래져 ‘술에 곯아떨어졌군’ 하며 오해하고 비웃는 거예요.

조금 전에 말했듯이 내가 자신의 종교를 진실로 믿게

된 것은 '독일 신학' 덕택이에요. 거기서 특히 많은 사람들의 결함이라고 지적한 것이 도리어 나의 확신을 튼튼하게 해 주었지요. 그분은 자기의 의견을 철저히 증명하려 들지 않고 농부가 뿌린 씨 가운데 몇 개의 비옥한 땅에 떨어져 풍요로운 결실을 기대하듯이 자기의 견해를 뿌리고 있었어요. 그 신학자는 자기의 주장을 증명하려고 시도한 적은 단 한 번도 없어요. 왜냐하면 자기 주장이 진실이라고 하는 확신이, 증명이라는 형식을 완전히 배제하는 것 같아요."

나는 그 순간 스피노자의 〈윤리학〉의 경이로운 논증의 체계가 머릿속에 떠올랐으므로 그녀의 말을 가로챘다.

"그건 그렇습니다. 예리한 사상가인 스피노자의 논증이 초조한 느낌을 주는 걸로 미루어 봐도 제 자신의 학설을 완전히 마음속에서부터 믿지 못했기 때문에 논리의 개연성을 조심스럽게 끌어올 필요성을 느낀 것이 아닌가 하는 생각이 듭니다."

나는 계속해서 말했다.

"솔직히 말하자면 나는 〈독일 신학〉을 읽고 많은 자극을 받긴 했지만 그 책에서 별로 큰 감명을 받은 건 아닙니다. 내 생각에는 그 책에는 인간적인 요소라든가, 시정이라든가 온화한 감정과 현실에 대한 배려가 결여되어 있는 것 같습니다. 14세기의 갖가지 신비주의는 결국엔 일종의 준비 기간으로써 기여하긴 했지만 진정한 해결은 루터의 경우에서 볼 수 있는 신에의 귀의와 그리고 신에게서 용기를 얻어 현실 생활로 복귀하는 곳에서 비로소 찾을 수 있는 것입니다.

인간은 살아가면서 자기가 아무 쓸모없다는 사실을 한 번쯤은 인정해야 합니다. 자기 자신은 무無이며 자기 존재와 근원과 영원한 생명은 불가항력의 알지 못할 무엇인가에 근거하고 있음을 깨닫지 않으면 안 됩니다. 그것은 신에 귀의하는 것이며, 비록 그것이 정해 놓은 목표에까지 다다르지 못한다 하더라도 마음속 어딘가에 영원히 꺼지지 않는 신에 대한 그리움을 남겨 주는 것입니다.

인간은 신비주의자들이 주장하는 것처럼 창조된 세계를 지양할 수는 없습니다. 인간은 무에서, 이를테면 신에 의하여 신의 영역 안에서 생성된 존재이므로 자기 능력으로 다시 무 속으로 되돌아갈 수 없는 것입니다. 타울러(Johannes Tauler: 독일의 수사로 신비주의적이고 윤리적인 실천 사상을 전개하여 루터 등에 영향을 끼친 종교 개혁의 선구자로 평가받고 있다)가 자주 언급하고 있는 자기소멸自己消滅이란 것도 불교의 열반涅槃이나 입멸入滅 이상의 것은 아닙니다. 타울러는 "가령 절대적인 존재에 대한 경이와 사랑을 위해 무로 환원되기를 바라는 사람은 곧 절대자를 위해 가장 깊숙한 나락那落으로 떨어져 내리기를 바라는 것과 같다"고 말했지만, 이와 같은 피조물의 소멸이 조물주의 의도는 아닙니다. 왜냐하면 조물주는 계속해서 창조하는 중이니까요. "신은 인간으로 변할 수 있지만 인간은 결코 신이 될 수는 없다"고 아우구스티누스는 말했습니다. 그런 까닭에 신비주의가 인간의 영혼을 단련하는 불은 될지언정, 영혼을 가마솥의 끓는 물처럼 증발시킬 수는 없는 것입니다.

자기 존재의 무상함을 깨달은 사람은 자기가 참된 신적 영혼의 반영이란 것도 알아야 합니다. 〈독일 신학〉 속에 이런 대목이 있습니다. '유출된 것은 진정한 실체가 아니다. 절대자를 제외하곤 아무것도 실체가 없으며 우연이나 빛의 반사와 같은 것이다. 그것은 참된 존재가 아니며 그것은 햇빛이나 광채를 뿜는 불덩어리가 없는 곳에서는 존재할 수가 없다.'

신적 영혼으로부터 유출된 것은 비록 빛의 반사에 불과하다 해도 신적인 존재를 내부에 지니고 있는 것입니다. 다시 말하면 빛을 발하지 않는 불덩어리나, 빛 없는 태양이나, 피조물이 없는 조물주 따위가 도대체 무슨 의미가 있겠습니까? 이 문제에 대해서는 다음 구절이 진실을 밝혀 줍니다.

'인간이나 피조물 전체를 통틀어 그 어떤 것도 심오한 신의 배려와 뜻을 알려고 해선 안 된다. 그것은 아담이나 사탄의 행동을 바라는 것밖에 아무것도 아니기 때문이다.'

그러므로 우리들은 스스로 신적 영혼의 반영이라 느끼고 그렇게 믿는 것으로 만족하지 않으면 안 됩니다. 사실 그러한 존재가 되기까지 우리를 비춰 주는 신적 영혼의 빛을 짓밟아 버리거나 소홀히 하면 안 됩니다. 그 빛이 사방의 온갖 것들을 비추어 따뜻하게 하도록 충분히 타오르게 해야만 합니다. 그렇게 해야만 사람들은 혈관 속에 생생한 불꽃을 느끼고 삶의 투쟁을 위하여 보다 강렬한 예지를 얻게 됩니다. 아무리 사소한 의무라도 우리에게 신을 상기시키고 속된 것이 신적인 것이 되고 순간적인 것이 영원한 것으로 바뀜으로써 우리의 전 생애는 신과 더불어 영위하는 삶이 되는 것입니다. 신은 영원한 안식이 아니라 영원한 생인 것입니다. 앙게루스 실레지우스가 신에겐 의지가 없다고 했을 때 그는 이 진리를 잊고 있었던 것입니다.

우리는 기도를 드린다.

오, 신이여! 당신의 의지대로 행하소서라고.

하지만 보라, 그에겐 의지가 없으니.

신은 끝없는 침묵일 따름.”

그녀는 가만히 내가 말하는 것을 듣고 있었다. 그리고 잠시 무언가 생각하는 듯하더니 이렇게 말했다.

“당신의 신앙은 건강하고 힘이 있군요. 그러나 세상에는 삶에 지쳐 안식과 수면을 갈구하고 완전한 고독 속에서 세상을 등진다 해도 이 세상에 아무런 애착도 구속도 느끼지 않을 그런 사람이 있는 거예요. 그들에게는 지금 당장이라도 신의 품에 안기게 된다면 신성한 안식을 얻으리라는 기대가 있는 거지요. 그런 생각을 품는다는 것 자체가 그들이 이 세상과 어떤 인연으로도 결속되어 있지 않고, 그들 마음에는 안식에 대한 동경밖엔 어떤 희망도 없다는 걸 말해 주는 거에요.

안식이란 무엇과도 견줄 수 없는 보배,

신이 곧 안식이 아니라면

나 신에 대해 두 눈 감아 버리고 말리라.

그리고 당신은 〈독일 신학〉이 의미하는 바를 약간 오

해하고 계신 것 같아요. 그 책은 일상적 생활의 헛됨을 피력하긴 해도 결코 그 생활을 말살시켜야 한다는 주장은 아니었어요. 제28장을 한 번 읽어 봐 주세요."

내가 책을 들어 읽어 내려가는 동안 그녀는 가만히 눈을 감고 듣고 있었다.

"가령 진정한 융합이 현실화된다면 조만간 내면적인 사람은 그 융합 속에서 확고부동한 상태를 유지하게 될 것이다. 외면적 사람을 피안彼岸에서 여기로, 여기서 피안으로 오갈 수 있게 할 것이다. 그것은 피할 수 없는 사실이며 또 미리 정해진 운명이다. 그러므로 외면적인 사람은 다음과 같이 말한다. '나는 존재함을 원치 않으며 존재하지 않음을 바라지도 않는다. 삶도 죽음도 나는 원치 않는다. 알고자 하지도 않고 모르고자 하지도 않는다. 다만 내 바라는 것은 운명에 의해 그렇게 되어 갈 수밖에 없는 것을 스스로 행하거나 물러나서 받아들이거나 언제나 나 혼자 성실히 이루어 나가고 순종한다는 것뿐이다.'

이처럼 외면적인 사람은 이것저것 근거를 따지지 않고 또 스스로 찾지 않으며 오직 영원한 의지에 기여하고자 하는 것이다. 왜냐하면 내면적인 사람의 활동과 외면적인 사람의 활동의 영역이 분리되어 있으며, 가령 내면적인 사람과 외면적인 사람의 활동하는 바에 대하여 근거를 따지는 경우가 있다 하더라도 그것은 영원한 의지에 의해 이미 정해진 운명이며 의무일 뿐이라고 대답할 수밖에 없다는 것은 분명하다. 그러므로 신이 스스로 인간이 되는 경우도 이와 같다. 그 쉬운 예로 예수를 들 수 있다. 그러한 융합은 신의 광명으로부터 비롯해 그곳에 안주할 때 자만심도 없고 천박한 탐욕도 없고 제멋대로 경거망동함도 없고 다만 끝없는 겸허함, 근면과 정직, 평등과 진실, 평화를 사랑하고 자신의 처지에 만족하는 마음들, 다시 말해 덕이라고 칭할 수 있는 모든 것만이 그곳에 존재할 것이다. 만약 이러한 덕을 갖추지 않았다면 진정한 융합은 불가능하다.

왜냐하면 온갖 사물들 중에 어느 하나라도 이러한 융합을 돕거나 이롭게 할 수 없는 것과 마찬가지로 그 어떤 것도 이것을 어지럽히고 훼방 놓을 힘은 없는 것이다. 다만 인간의 의지만이 이것에 커다란 해를 끼칠 수 있으니 이 사실을 명심해야만 하는 것이다."

감았던 눈을 뜨고서 그녀는 이렇게 말했다.

"그 정도면 충분해요. 이걸로 우리는 서로 이해되었다

고 생각해요. 그 이름 모를 현인은 다른 곳에서도 보다 뚜렷이 그러한 의견을 말하고 있어요. 그 누구라도 죽음이라는 것을 피할 수는 없다고 말이에요. 또 신적神的인 사람이라 할지라도 고작 신의 손과 같은 것으로서 스스로 움직일 수는 없고 신의 의지대로만 움직일 뿐이며 마치 신성한 영혼들이 사는 궁전과 같은 거라고 말하고 있어요. 그렇기 때문에 신에게 빠져든 사람은 그것을 분명히 알고 있으면서도 묵묵히 자기의 신앙 생활을 흡사 사랑의 비밀을 감추는 것처럼 지니고 있는 거죠. 간혹 자신도 저 창 밖의 백양나무 같다는 기분이 들 때가 있어요. 그 나무는 해가 지면 잎새 하나 움직이지 않고 조용히 서 있어요. 그러다가 아침 바람이 불어오면 잎새들이 가볍게 흔들리기 시작해요. 그러나 가지와 나무 줄기는 전혀 움직이지 않고 꿋꿋이 서 있죠. 이제 곧 가을이 되면 나부끼던 잎새들은 떨어져 낙엽이 되어 버리겠지요. 그러나 나무 자체는 의연하게 조바심 치지 않고 봄이 오기를 기다릴 테지요.”

그녀는 이러한 세계에 깊이 파묻혀 있었으므로 나는 공연히 방해가 되어서는 안 되겠다고 생각했다. 나 자신도 그와 같은 생각의 몰입 속에서 겨우 벗어난 입장인 것이다. 우리들에겐 걱정과 피로가 산적되어 있음에도 불구하고 그녀에겐 확고부동한 무엇인가가 있는 것 같았다.

이처럼 날마다 오후가 되면 우리는 새로운 대화를 나누었고 깊이를 알 수 없었던 그녀의 마음을 차차 새로운 눈으로 볼 수 있었다. 그녀는 나한테 아무런 비밀도 없었다. 그녀의 이야기는 자기가 생각하고 느끼고 있는 그대로였고, 그녀의 마음속에서 오래 성장해 온 것 바로 그것이었다. 그녀는 흡사 어린아이가 가슴에 한아름 모은 꽃을 미련 없이 풀밭에 뿌리는 것과도 같이 자기 생각을 전부 나타내 보이는 것이었다. 나로서는 내 마음을 솔직히 털어놓기가 어려웠다. 그로 인해 심한 갈등을 느끼기도 했지만 사회라는 집단은 언제나 본심을 감추는 일을 요구하고 그렇게 감추는 일을 예절 바르고 생각이 깊고 현명한 일이라고 일방적으로 주입시켜 온 것이다.

그러므로 우리의 생활은 완전히 가장무도회가 되는 것이다. 이러한 생활태도가 몸에 배어 있는 상태에서 허심탄회하게 내심을 털어 놓을 수 있는 사람이 도대체 몇이나 될까. 사랑하는 데 있어서도 솔직히 감정을 표시하고 조용히 침묵을 지키거나, 혹은 있는 그대로 맞아들이고

바라보고 헌신하지 못하고 시인의 시구를 끌어와 말장난
이나 하고 있는 형편이 아닌가.

나도 가능한 한 솔직히 이렇게 말하고 싶었다.

"당신은 내 생각을 잘 이해하지 못하고 있습니다."

그러나 나의 진정한 마음을 제대로 표현할 말이 도무
지 떠오르지 않았다. 어쩔 수 없이 나는 귀향하기 전에
구한 아널드의 시집을 남겨 놓으며 그 중에 〈매장된 인생
〉이란 시를 읽어 보라고 말했다. 그것은 나의 고백이라고
할 수 있었다.

나는 그녀의 의자에 몸을 굽혀 "그럼 안녕히." 하고 작
별 인사를 했다. 그녀도 "안녕히"라고 대답하면서, 자기
의 손을 내 머리에 얹는 것이었다. 그 순간 내 전신에 경
련이 일고 어린 시절의 감촉이 다시 마음속에서 나래를
펴는 듯하였다. 나는 그 자리에서 꼼짝도 할 수가 없었
다. 신비에 싸인 그녀의 눈을 바라보며 그녀의 평온한 영
혼의 그림자가 내 마음을 송두리째 덮어 버리기를 기다
렸다. 이윽고 나는 일어나 아무 말 없이 집에 돌아왔다.
그날 밤 백양나무의 꿈을 꾸었다. 바람이 심하게 휘몰아
치는데도 가지에 달린 잎은 하나도 움직이지 않는 꿈이
었다.

매장된 인생

조롱하는 말들이 오가는 우리 말다툼의 가벼운 흐름, 그러나

보라! 내 두 눈 눈물로 젖어 있음을.

이름도 없는 슬픔이 내 가슴을 꿰뚫고 들어오네.

오, 그렇다! 우리는 안다, 우리가 서로 정다울 수 있음을.

우리는 진정 알고 있는 것이다,

서로 미소 지을 수 있음을.

그러나 이 가슴속에 어떤 응어리가 있어

그대의 명랑한 말들조차 휴식을 가져다주지 못하고

그대의 환한 미소 역시 위안이 되지 않는다.

그대의 손을 내게 주오, 그리고 잠시 침묵해 주오.

그대 맑은 눈동자만을 내게 보여 주오.

거기서 사랑과 그대의 가슴속 가장 깊이 깃든 영혼을 읽을 수 있

도록.

아아! 사랑조차도

가슴을 활짝 열어 깊은 목소리를 흘려 내기엔

그토록 나약한 것일까?

사랑하는 사람 간에 진정 느끼고 있는 감정을

나타내기가 그토록 힘겹단 말인가?

숱한 사람들이,

누가 비웃지나 않을까 겁내며

비난을 겁내며

자신들의 생각을 터놓고 나타내지 못하는 것을 나는 안다.

나는 안다, 그들이 가면 속에서 살고 행동하며,

타인들에게나 자기 자신에게나

전혀 위안을 얻지 못하는 것을 ? 그러나

모든 인간의 가슴 속엔 똑 같은 심장이 두근거리고 있는 것을,

하지만 나의 사랑이여, 그러한 저주가

우리의 가슴과 목소리까지 덮쳐와

우리도 입을 봉해야만 하는 것인가?

아, 잠시나마

우리의 가슴과

우리 입술의 사슬에서 자유로워질 수 있다면

얼마나 좋을까!

속박은 필연적인 것.

사람들, 변화무쌍한 어린아이가 되고

간혹 장난에 집착하고

간혹 갖가지 싸움에 빠져들고

자기의 천성을 변화시킬 수 있음을 통찰하는 운명은

변덕스러운 유희로부터

고귀한 자기 자신을 지킬 수 있도록

스스로 방탕을 제지하고

자기 존재의 법칙에 따르게 하기 위해

감추어진 우리 삶의 강으로 하여금

우리 가슴속의 깊숙한 인식을 통해

내면의 도도한 흐름을 계속하게 했다.

그리하여 그 운명의 지시에 따라

사람의 눈은 이 은밀한 흐름을 보지 못한 채

불확실한 어둠 속에서 이 삶의 조류와 더불어 흘러가면서

영원히 헤매는 것과도 같아라.

그러나 이 세상의 가장 번화한 거리에서

다툼의 요란한 소음 속에서

우리의 매장된 인생에 관해 알고자 하는 은밀한 욕망이 고개를 든다.

그것은 우리의 진정한 본질적인 생존 방식을 모색하는 데에

우리의 정열과 힘을 남김없이 쏟아붓고 싶은 갈망인 것이다.

우리 안에서 이토록 거세게, 이토록 깊게

두드리는 이 가슴의 비밀을 캐고자 하는 갈망,

우리의 상념들이 어디서 와서 어디로 가는가를

캐고자 하는 갈망이다.

독일인의 사랑

숱한 사람들이 스스로의 가슴속을 파고 들어가 보았다.

하지만 완전히 파헤친 사람은, 아아, 한 사람도 없는 것이다. 깊이

판 사람은 없다.

우리들은 수많은 방법을 통해

우리의 재능과 힘을 발휘했었다.

그러나 아주 잠깐이나마 우리의 독자적인 방법으로

우리의 자아 그 자체가 될 수는 없었다.

우리 가슴을 가로질러 가는 이름 붙일 수 없는 온갖 감정의 한 자

락조차

드러내 볼 방도가 없었다.

그러므로 그 감정들은 표현되지 못하고 사라져 버린다.

우리는 감추어진 자아를 말과 행동으로 나타내려 애썼지만 모두

가 헛수고였다.

우리의 말과 행동은 그럴듯하고 훌륭하지만

참된 것은 아니다.

그러므로 우리는 더 이상 더 내면의 갈등으로 고통받지 않으리라.

시간의 무수한 순간을 향해

둔화시키는 힘을 요구하지 않으리라.

아! 그렇다, 그 순간들이 우리의 요청을 받아들여

우리를 무감각하게 만든 것이다.

그러나 아직 때때로

한없이 멀리 떨어진 대지로부터 다가오듯이

영혼의 깊디깊은 심연으로부터 솟아오른

기류와 헤매는 반향들이

희미하게 다가와

우리의 모든 나날을 쓸쓸하게 한다.

아주 드문 일이긴 해도

어떤 애정이 깃든 손길이 우리 손에 쥐어질 때

한없는 시간의 도래와 빛으로 지쳐

우리의 눈이 다른 이의 눈이 말하는 바를 뚜렷이 읽을 수 있을 때

세상의 소음에 귀머거리가 된 우리의 귀를

정다운 목소리가 어루만질 때?

우리 가슴속 어딘가에서 자물쇠가 끌러지고

잃어버렸던 감정의 맥박이 다시금 뛰게 된다.

눈은 내면을 향해 가라앉고 가슴은 넓어지며

우리는 우리가 생각하고 말하고 의도하는 것이 무엇인지

확실히 알게 되는 것이다.

사람은 자기 삶의 흐름을 인식하게 되고

그 흐름의 굽이에서 물결소리를 듣게 된다.

그리고 그 흐름이 지나가는 풀밭과 해와 산들바람을 보게 된다.

그늘의 휴식을 이리저리 끝없이 찾아 헤매던

격렬한 추격 속에, 이윽고

평온한 소강상태가 찾아오는 것이다.

시원한 바람이 그의 얼굴에 불어오고,

전혀 생소한 정적이 그의 가슴에 스며든다.

그러면 그는 알고 있다고 생각한다.

자신의 인생이 비롯된 언덕,

그리고 인생이 흘러가고 있는 저 바다를.

여섯 번째 회상

　이튿날 아침 일찍 궁중의 시의侍醫인 늙은 의사 호프라
드가 우리 집에 찾아왔다. 그는 우리 소도시 주민들의 벗
이며 육체와 영혼의 위안자였다. 그는 2대에 걸쳐 사람들
의 성장을 돌보아 왔던 것이다. 그가 해산을 맡았던 갓난
아이들이 모두 아버지와 어머니들이 되었지만 아직도 그
는 그들을 자기의 어린아이들로 여기고 있었다. 그는 혼
잣몸이었다. 퍽 늙었음에도 불구하고 나이보다 건강하고
풍채가 좋은 편이었다.
　지금 내 기억 속에 남아 있는 그는 어린 시절에 내 앞

에 서 있던 바로 그 모습이었다. 환하게 빛나는 푸른 두 눈동자가 수풀처럼 우거진 짙은 눈썹 밑에서 반짝이고 있었고, 거의 백발이 다 된 곱슬곱슬한 머리칼엔 어딘가 생생한 느낌이 있었다. 은장식이 달린 구두, 하얀 양말, 그리고 늘 새 옷처럼 보였지만 실제로는 오래 된 푸른 겉옷 등 하나도 잊을 수가 없다.

나는 곧잘 병치레를 했다. 그러나 그 병에서 회복된 것은 그 의사에 대한 나의 믿음 때문이었다. 그 의사가 내 병을 낫게 해 주리라는 것을 조금도 의심해 본 일이 없었다. 내가 몸이 아플 때 어머니가 그 의사에게 왕진을 부탁해야겠다고 말하는 것은 내 떨어진 바지를 재봉사에게 맡겨야겠다고 말하는 것과 내게 똑같은 느낌을 불러일으켰다. 그 의사가 지어 주는 약을 복용하기만 하면 꼭 회복되리라고 느끼고 있었던 것이다.

내 방에 들어서면서 의사는 이렇게 말했다.

"요즈음 어떻게 지내는가? 얼굴빛이 안 좋군. 너무 공부만 하면 몸이 축나지. 지금 여러 얘길 나눌 시간이 없군. 난 자네가 더 이상 마리아를 방문해서는 안 된다는 말을 하러 여기 온 걸세. 어젯밤 내내 마리아 곁에 있어

야 했어. 그 모두가 자네 탓이야. 그러나 그녀를 소중히
여긴다면 다시는 그녀를 찾아가지 말아 주게. 가능한 한
빠른 시일 내에 마리아는 이곳을 떠나서 시골로 요양하
러 가지 않으면 안 돼. 자네도 얼마간은 여행이라도 하는
것이 좋을 걸세. 자, 그럼 잘 있게. 그리고 훌륭한 젊은이
가 되길 바라네.”
　이렇게 말한 후 그는 나의 손을 잡고 내게 약속시키기
라도 하듯이 다정한 눈길로 내 눈을 가만히 바라보더니
어린 환자들을 돌보아야 한다면서 바삐 돌아갔다.
　누군가 다른 사람이 나의 마음의 비밀 속으로 이토록
갑작스럽고 깊숙하게 파고들어 온 사실과 내가 모르던
일까지 알고 있었다는 사실이 나를 몹시 놀라게 하였다.
내가 겨우 생각을 가다듬기 시작했을 때 의사는 벌써 길
건너까지 멀어지고 있었다. 내 마음은 오래 불 위에 올려
놓았던 주전자의 물처럼 처음에는 잠잠했지만, 한순간
갑자기 출렁거리며 들끓어 마침내 넘쳐 흐르는 것만 같
았다. 그녀와 다시는 만날 수가 없단 말인가? 나는 그녀
의 곁에 있을 때만 살아 있음을 느낄 수 있는데, 아무 소
리 없이 가만히 바라만 볼 텐데, 정말 아무 말도 하지 않

을 텐데? 오직 그녀가 잠들어 꿈꾸는 그 창가에 서 있기만 할 텐데? 아, 이제 다시는 그녀를 보지 못한단 말인가?

이별의 인사도 없이 헤어진단 말인가? 그녀는 내가 사랑한다는 사실을 전혀 모르고 있는 것이다. 알 리가 없다. 아아, 나는 그녀를 사랑하고 있는 것은 아니다. 나는 아무것도 바라지 않는다. 아무것도 기대하지 않는다. 그녀의 옆에 있을 때만큼 내 심장이 차분히 고동치는 때는 없다. 그녀가 곁에 있다고 느끼지 않고는 도저히 견딜 수가 없다. ? 그녀의 마음과 함께 숨쉬지 않고는 살 수가 없다. ? 그녀에게 가지 않으면 안 된다! 그녀도 나를 기다리고 있으리라. 운명이 우리 두 사람을 결합시킬 때 아무 목적도 없었단 말인가? 나는 그녀의 위안이 되고 그녀는 나의 안식이 되어서는 안 된단 말인가? 인생이란 장난이 아니다. 두 개의 영혼이 만난다는 것은 결코 거센 바람에 쓸려 모였다가 흩어지는 모래알 같은 것이 아니다. 운명이 친절을 베풀어 우리에게 부여한 영혼을 꼭 움켜잡지 않으면 안 된다. 왜냐하면 그러한 것들은 우리의 운명이며, 우리가 그것들을 위하여 존재하고 투쟁하고 또 죽음을 불사하겠다는 용기만 갖는다면 그 어떤 힘도 우리들에게서 그것을 빼앗아 가지 못한다. 그토록 오랫동안 꿈꿔 왔던 것이 이루어지려는 만남의 자리에서 최초의 천둥 소리에 놀라 도망쳐 버리듯 그녀를 떠난다면 그녀는 아마 나를 경멸하리라.

갑자기 나의 마음은 가라앉고 '그녀의 사랑' 이란 말을 들었다. 이 말은 내 마음의 구석구석에서 반향을 일으키며 울려와 나 자신도 깜짝 놀랄 정도였다. '그녀의 사랑' – 내가 과연 그럴 자격이 있을까? 그녀는 내 마음을 잘 모르고 있다. 혹시 그녀가 내게 사랑을 느낄 수 있다 하더라도 나는 천사의 사랑을 받을 자격이 없다는 것을 고백하지 않으면 안 되는 것이다.

나의 마음속에 가득 찬 온갖 잡념과 온갖 기대는 마치 푸른 하늘을 향해 비상을 시도하다가 나중에야 자신의 주위에 쳐진 그물을 알아챈 새처럼 땅으로 곤두박질하고 마는 것이었다. 아, 완전한 행복이 그토록 가까이 있는데도 왜 손이 거기까지 닿지 못하는 것일까? 신은 기적을 일으키지 못하는 존재인가? 신은 매일 아침 기적을 행하고 있지 않은가? 내가 모든 신뢰를 가지고 신에게 매달려

기진할 때까지, 위안과 구원을 받을 때까지 기도했을 때 신은 간혹 나의 바람을 이루어 주지 않았던가? 우리들이 바라고 있는 것은 이 세상의 재화^{財貨}는 아니다 ? 바라는 것은 오직 서로가 찾아내어 알아본 후 두 영혼이 화합하여 서로 바라보며 이 세상의 짧은 여행을 동반하고 싶다는 것, 그리하여 이 여행을 마칠 때까지 내게 고통이 있으면 그녀가 나를 위로해 주고 때로는 정다운 시중꾼이 되어 달라는 것이다. 가령 지금이라도 그녀의 인생에 늦은 봄이 예정되어 있다면, 그녀의 고통이 사라질 수 있다면 ? 아! 얼마나 행복한 정경이 내 앞에 펼쳐질까? 티롤에 있는 성^城은 그녀의 모친이 세상을 떠난 지금은 딸의 소유가 되었다. 그곳의 푸른 산, 맑은 공기, 건강하고 소박한 주민 ? 그곳이라면 세상이란 톱니바퀴와 세상의 고뇌와 투쟁으로부터 벗어나 시기하는 사람과 가로막는 사람도 없이 우리는 얼마나 축복된 평온 속에서 우리 인생의 일몰을 맞아 그 저녁 노을과 같이 말없이 침잠해 갈 수 있을까?

그러자 나의 눈앞에는 은빛으로 반짝이는 물결을 지닌 검은 호수와 그 호수 속에 잠겨 있는 눈 덮인 먼 봉우리의 그림자가 떠올랐다. 내 귀에는 양떼의 방울 소리와 목동들의 노랫소리가 들려왔다. 어깨에 총을 멘 사냥꾼이 산을 타고 내려오고 노인들이나 젊은이들 모두가 저녁이 되어 마을로 돌아오는 것이 눈에 선했다. 가는 곳마다 마리아는 평화의 천사와 같이 축복을 뿌려 주었다. 나는 물론 그녀의 친구며 안내자였다. 너는 정말 바보 천치라고 할 수밖에 없구나 ? 하고 나는 외쳤다. 바보! 바보 같으니라고! 너는 어쩌면 그토록 천박하고도 마음이 약해빠진 것이냐? 정신 좀 차려! 네가 도대체 어떤 입장이며 그녀와 얼마나 소원한 사이인가를 좀 생각해 봐라! 그녀는 다정한 성품의 소유자다. 그리고 그녀는 자신을 다른 사람의 마음속에 비춰 보기를 좋아한다. 하지만 그녀의 천진스러운 상냥함과 순수성은 너에 대하여 심각한 기분을 전혀 갖지 않고 있다는 것을 말해주고 있는 것이다. 너는 하늘이 맑게 개인 여름 밤 한적한 숲 속을 거닐고 있을 때, 달이 모든 나뭇가지와 잎새 위에 은빛을 부어 주고 있는 것을 본 적이 있지 않은가? 그 달이 더러운 웅덩이 물의 비록 조그만 물방울 하나하나에서까지 제 모습을 비춰보는 것을 본 일이 없는가? 그와 같이 그녀도 너의 이 어두운 생활에 눈빛을 던지고 있는 것이다. 그러니까 네게도 그녀의 온화한 빛을 네 가슴에 간직하는 것이 가능하다. 그러나 그 이상의 다정한 마음을 기대해선 안 된다.

이때 갑자기 그녀의 얼굴이 생생하게 내 눈에 비쳐 들어왔다. 그녀는 기억 속의 존재로서가 아니라 환상과 같이 내 앞에 서 있었다. 나는 처음부터 그녀가 얼마나 아름다운가를 알 수 있었다. 그녀의 아름다움은 소녀의 아름다움처럼 첫눈에는 우리를 현혹시키지만 얼마 안 지나 봄날의 꽃과 같이 바람에 흩어지는 그런 빛깔과 모습을 지닌 아름다움은 아니었다.

그녀의 아름다움은 근원적인 조화를 이루고 있었다. 모든 동작 자체가 진실미였고 영혼이 비쳐 보이는 표정이었다. 육체와 영혼의 완벽한 조화로서 바라보는 사람을 기쁘게 해 주는 것이었다. 대자연이 풍성하게 베푸는 아름다움은 받는 사람이 제대로 받아들이지 못하든가 자격이 없든가 극복하지 못하면 만족감이 없어지는 법이다. 예를 들어 한 여배우가 여왕의 의상을 입고 무대에 등장했을 때, 만일 그녀의 모든 동작이 의상에 어울리지 않고 그녀의 것이 못 된다는 것이 드러난다면 그 아름다움은 도리어 수치스러운 것이 되고 만다. 참된 아름다움은 우아하지 않으면 안 되며 우아함이란 모든 번뇌와 육체적인 것과 속된 것들이 영혼화한 것을 뜻한다. 추악한 것을 아름다움으로 변화시키는 것은 영혼의 작용인 것이다.

나는 내 앞에 서 있는 환상을 보면 볼수록 그녀의 모습 전체를 통틀어 고귀한 아름다움과 그 그림자로 충만한 영적인 깊이를 발견하였다. 오, 그 어떤 천상의 행복이 나의 곁에 있는 것일까? ? 하지만 이것은 나에게 지상의 행복의 절정을 다 보여 주고는 내 삶의 대낮을 영원히 사막으로 추방하려는 것에 지나지 않는다. 이 땅이 보석을 감추고 있다는 사실을 몰랐더라면 좋았었다! 아, 한 번 사랑하고는 영원히 고독해지다니! 단 한 번 응시하고는 영원히 눈이 멀어 버린단 말인가! ? 이러한 것은 고문이다. 이 고문과 견주어 본다면 사람의 손으로 실제로 행해지는 고문 따위는 아무것도 아닌 것이다.

이처럼 내 생각은 거칠게 내달리며 자꾸 확대되어 갔지만 이내 모든 것은 차분히 가라앉고 소용돌이 속에 휩

쓸리던 생각들도 서서히 중심을 찾고 안정되었다. 안정
과 권태를 반성이라 부를 수도 있겠지만 그것은 관찰에
더 가깝다. 이를 테면 온갖 사념을 뒤섞은 것에 시간을
개입시키면 그 사념은 영원한 법칙으로 정해진다. 그러
한 과정을 화학자처럼 관찰해 보면 그 요소들은 어느 형
체를 이루었을 때 우리가 생각지도 못했던 전혀 다른 사
물로 변해 우리를 놀라게 하곤 하는 것이다.

　내가 이 허탈한 관찰로부터 정신을 차려 가장 먼저 꺼
낸 말은 '여행을 떠나자' 라는 것이었다. 동시에 나는 책
상에 앉아 2주일 동안 여행을 가겠으니 뒷일을 부탁한다
는 편지를 의사에게 남겼다. 아버지 어머니에게는 꾸며
댈 말이 얼마든지 생각났다. 이리하여 저녁 때는 벌써 티
롤로 가는 여로旅路에 있었다.

일곱 번째 회상

　친구와 더불어 티롤의 산과 골짜기를 헤맨다면 몸과
마음에 그보다 좋은 휴식은 없을 것이다. 하지만 혼자 고
독 속에 잠겨 방황하는 것은 시간의 낭비다. 푸른 산, 어
둑어둑한 골짜기 푸른 호수, 장엄한 폭포 ? 그 모두가 전
혀 의미 없는 것이었다. 내가 그것들을 보는 것이 아니라
그것들이 나를 바라보고, 혼자 서성이는 이 인간을 이상
스럽게 여기고 있는 듯했다. 세상에서 혼자 쓸쓸히, 함께
있고 싶은 사람에게서 멀리 떨어져 왔다는 생각은 마치
머리 속에 맴도는 슬픈 노래처럼 하루 종일 내게서 떠나
지 않았다.

　저녁이 되어서야 여관에 돌아와 지친 몸을 눕히면 한

방에 있는 사람들은 외로운 길손인 나를 우습게 생각하는 것 같았다. 그러면 나는 그 자리를 떠나 고독한 자신을 처다볼 사람 없는 어두운 문 밖으로 나왔다가 밤이 깊어진 뒤에 돌아와 조용히 내 방으로 올라가 침대에 파고들곤 했다.

잠이 들기까지 슈베르트의 〈그대 없는 곳에 행복이 만발하리라〉라는 선율이 가슴속에 울려 퍼졌다. 급기야는 아름다운 자연을 즐기고 감탄하며 웃는 무리들과의 대면이 견딜 수 없이 싫어져서 낮 동안에는 잠자고 달이 환한 밤이면 여기저기 헤매고 다니게 되었다. 그럴 때면 나의 생각을 뒤쫓아와 흩어 놓는 어떤 감정이 있었다. 그것은 두려움이었다. 어느 누구라도 깊은 밤 익숙지 않은 산길을 혼자서 넘노라면 눈은 이상하게도 신경과민이 되어 어렴풋한, 멀리서부터 다가오는 이상한 현상들을 발견하게 될 것이다. 귀는 완전히 긴장하여 어디서 들려오는지 모를 소리를 듣게 된다. 발가락이 돌연 바위 틈에서 빠져 나온 나무뿌리에 차이기도 하고 폭포에서 튀어오르는 물방울들로 축축한 길에서 미끄러지기도 한다. 그리하여 마음속엔 위로할 길 없는 공허함이 가득할 뿐, 포근한 추억도 의지할 희망도 없게 된다. 이러한 여행길에 오른 사람은 누구나 차가운 밤의 전율을 안팎으로 절실히 느끼게 되는 것이다.

사람에게 닥쳐오는 최초의 두려움은 신으로부터 버림받는 일이다. 그러나 날마다의 생활이 그 두려움을 몰아내고 신의 모습과 똑같이 창조된 사람이 신을 대신하여 우리의 외로움을 달래어 준다. 하지만 사람의 위안과 애정조차 우리에게서 떠난다면 우리는 신과 인간 모두에게 다 버림받는 것이 어떠한 것인지를 알게 된다. 그렇게 되면 말없는 자연도 우리를 감싸준다기보다 우리를 두려움에 휩싸이게 하는 것이다.

예를 들어 우리가 단단한 바위에 앉아 있을 때도 그 바위가 그의 먼 옛날의 모습인 바다 속의 먼지로 환원되지나 않을까 초조해지는 때가 있는가 하면, 우리 눈이 빛을 찾아 헤맬 때 달이 전나무 그늘로부터 나타나 달빛을 받아 환한 벼랑 위에다 전나무의 뾰족한 그림자를 던지고 있을 때, 그 달은 흡사 태엽을 감아 주어도 조만간 멈춰 버리는 시계의 문자판과 같아 보일 수도 있는 것이다. 별을 올려다보아도, 넓은 하늘을 바라보아도 고독에 혼자 떨고 있는 한 영혼을 위한 보금자리는 없는 것이다.

오직 하나의 명상만이 우리에게 위안을 가져온다. 그

것은 자연의 안락과 질서와 영원성과 운명이다. 폭포 주위의 잿빛 바위가 검푸른 이끼로 뒤덮인 곳, 거기에서 문득 서늘한 그늘 밑에 피어난 물망초 한 떨기를 발견했다. 그 물망초는 지금 이 세상의 수많은 개울가에 피어 있고 또 천지창조의 아침부터 오늘까지 계속해서 피어 온 무수한 꽃들 중의 한 떨기에 불과하다. 그 꽃잎의 아주 조그만 반점과 꽃받침 속의 꽃가루와 뿌리의 어떤 조직도 다 일정한 수효로 정해져 있어 그 어떤 힘도 그 수를 증감시킬 수는 없는 것이다. 둔한 우리의 눈을 예리하게 하여 초인간적인 힘으로 자연을 깊이 관조해 보면, 또 현미경이 씨와 꽃봉오리와 꽃의 비밀 공장을 폭로한다면 우리는 아주 조그만 조직과 세포 속의 끝없이 거듭되는 형태를 발견하며 미세한 섬유 속에 계획된 자연의 설계의 영원한 불가변성을 발견하게 된다. 우리가 거기서 더 깊이 파고 들면 도달하는 곳마다 흡사한 모양의 형태의 세계가 드러나 마치 거울에 둘러싸인 방에 들어간 것처럼 우리의 눈은 영원한 만화경 속에서 허탈감에 빠지고 말 것이다. 이러한 영원한 법칙이 이 조그만 꽃에 담겨 있는 것이다.

우리가 푸른 하늘을 쳐다보면 위성이 유성의 주위를,

유성이 항성의 주위를, 다시 항성은 다른 항성의 주위를 돌고 있는 것과 같은 영원한 질서를 발견할 수가 있다. 다시 눈을 새롭게 밝히면 저 먼 성운星雲까지도 어떤 새로운 아름다운 세계가 되는 것이다. 생각해 보라! 웅대하게 상하로 운행하여 사계절을 만들어 물망초의 씨앗으로 하여금 발아하게 하고 꽃의 세포를 증가시키고 꽃봉오리를 맺어 목장의 융단 위를 수놓게 하는 일을, 그리고 푸른 꽃받침 속에서 꿈틀거리는 풍뎅이를 보라. 풍뎅이가 눈을 떠서 생명을 지니는 일, 그의 생활의 즐거움, 생생한 호흡 등은 꽃의 조직과 생명 없는 우주의 체계보다 천 배나 경이로운 사실인 것이다.

그러므로 네 자신도 이러한 영원한 조직에 포함되어 있다는 것을 느껴 보아야 한다. 그러면 너와 더불어 운행하고 너와 더불어 생활하고 사라져 가는 영원한 피조물들을 생각만 해도 네 마음은 위안을 받을 것이다. 그러면 사소한 것, 큰 것, 지혜, 힘, 생존의 기적, 기적의 생존 등 모든 것을 통틀어 다 하나의 존재의 결과라는 것, 그 존재에 대하여 너의 영혼은 두려워하는 것이 아니라 자신의 무력함을 느껴 끓어 앉아 그 존재의 사랑을 절감하고 명상해 본다면…… 다시 너의 내부에도 꽃의 세포나 별의 세계나 풍뎅이의 삶보다 더 영원한 것이 살아 약동함을 느낀다면? 흡사 그림자 속에서와 같이 너의 내부에서 너를 비쳐 주는 영원한 존재의 찬란함을 깨닫는다면? 너의 내부나 아래나 위에서 네 상상을 현실화하고 불안을 제거시키며 고독에서 벗어나게 하는 실재자가 살아 있음을 느낀다면 '아버지 하느님이시여! 당신의 뜻이 하늘에서 이루어진 것 같이 땅에서도 이루어지게 하시고 땅에서 이루어진 것 같이 나의 내부에서도 이루어지게 하소서.' 하고 인생의 암흑 속에서 외칠 때 네가 누구를 향하여 호소하는가를 깨닫게 될 것이다.

다시 말해 너의 내부와 주위는 밝아지고 새벽의 어둠은 안개처럼 사라져 자연은 새롭고 다정하게 약동할 것이다. 너는 다시는 헤어지지 않을 손을 찾아낸 것이다. 산이 옮겨지고 달과 별이 사라지더라도 너를 지켜 줄 손을 발견한 것이다. 네가 어디에 있더라도 그는 네 곁에 있고 너는 그의 곁에 존재하게 된다. 그는 영원한 동반자인 것이다. 이 세계는 꽃과 가시를 포함해 모두가 그의 것이고 인간도 기쁨과 슬픔과 함께 모두 그의 것이다.

'신의 뜻이라면 어떤 사소한 일도 너를 엄습할 수 없다.' 나는 이러한 생각을 하며 길을 걸었다. 마음은 혼돈에 휩싸여 있었다. 왜냐하면 마음 속에서는 침착과 평안을 발견하면서도 성스러운 은둔처의 생활을 계속한다는 것은 몹시 고통스러운 일이기 때문이다. 더욱이 겨우 되찾은 침착도 잃어 다시 그것을 찾는 방법을 잊어버리는 일이 잦기 때문이었다.

몇 주일이 지나갔다. 그녀로부터는 아무 소식도 없었다. '어쩌면 그녀는 죽어 조용히 잠들어 있을 것이다.' — 이 말이 자꾸 내 입 안에서 맴돌아 뿌리치려 아무리 안간힘을 써도 되돌아오곤 하는 노래가 되고 말았다. 그것은 얼마든지 가능한 일이었다. 그녀는 심장이 나빠, 매일 아침 그녀를 찾아갈 때에는 언제나 그녀가 이미 세상을 떠났을지도 모른다고 마음을 단단히 먹고 들어간다고 의사는 말했었다. 하지만 그녀와 작별인사도 못하고, 또 마지막 순간에 내가 얼마나 너를 사랑하고 있다는 것도 알리지 못한 채, 그녀를 떠나 보낸다면 ? 아, 나는 그런 어이없는 처사를 스스로 용납할 수 있을까? 저 세상까지라도 쫓아가 그녀가 나를 사랑한다는 것과 용서해 준다는 말을 듣지 않고는 살 수 없을 것이 아닐까?

사람은 간혹 이처럼 자기의 삶을 장난 삼는 것일까? 오늘이라는 이날이 최후의 날이 될 수 있다는 것을 염두에

두지 않고, 시간을 잃는다는 것은 영원을 잃는다는 것과 마찬가지라는 것을 모르는 채 어떻게 인간은 자기가 행할 수 있는 최선의 것과 향유할 수 있는 최고의 미를 하루하루 뒤로 미룰 수 있을까?

이러한 생각이 들자 최후로 의사와 만났을 때 그가 하던 말이 생각났다. 동시에 내가 갑자기 여행길에 나선 것은 전적으로 내가 남자답다는 것을 나타내려던 것이었고, 그곳에 남아 늙은 의사에게 나약한 마음을 보이기가 고통스러웠기 때문이었다는 것을 깨달을 수 있었다. 이제서야 나는 알았던 것이다 ? 지금 내가 해야 할 일은 되도록 빨리 그녀에게 돌아가 정해진 모든 운명을 받아들여야 한다는 것을. 하지만 돌아갈 계획을 세우는 동안 갑자기 '가능한 한 빠른 시일 내에 마리아는 여기를 떠나 시골로 요양하러 가야만 한다' 는 의사의 말이 떠올랐다. 그녀 자신도 언젠가 내게 말한 적이 있었다. 자기는 여름에는 거의 성에서 지내야 한다는 ? 아마 그녀는 지금 내가 있는 곳에서 멀지 않은 이 근처 어딘가에 머물고 있을지도 모른다. 하루면 그녀에게 갈 수 있다. 나는 이런 생각이 들자 곧 행동으로 옮겼다. 아침에 출발한 나는 저녁 무렵 성문 앞에 서 있었다.

그날은 몹시도 조용하고 환한 저녁이었다. 산봉우리는 저마다 저녁 노을을 받아 풍요한 황금색으로 빛나고, 산허리는 보랏빛을 띠고 있었다. 골짜기로부터 잿빛 안개가 서서히 상승하여 갑자기 밝아지고 이어 구름바다처럼 하늘에서 물결치고 있었다. 이 변화무쌍한 갖가지 빛깔들은 이번에는 어두운 호수의 잔잔한 물결에 어려 있었다. 호숫가의 산들은 기복이 심하게 깊은 골짜기를 이루고 있었다. 나무의 가지 끝, 교회의 뾰족탑, 민가에서 흘러나오는 연기 등은 현실의 세계와 그림자의 세계가 어느 정도의 차이가 있는 것인가를 나타내 주는 것처럼 보였다.

그러나 나는 단지 하나의 목표에 시선을 집중하고 있었다. 그곳은 나의 예감에 마리아가 있을 것이라고 여겨지는 고성古城이었다. 그러나 창에는 등불이 켜 있지 않았고 저녁의 고요를 방해하는 발자국 소리 하나 들려오지 않았다. 나의 예감이 빗나간 것일까? 나는 느린 걸음으로 정문을 지나 계단을 따라서 성의 앞마당에 이르렀다. 그곳에는 보초가 왔다 갔다 하며 지키고 있었다. 나는 얼른 가까이 가서 이 성에 누가 왔느냐고 물었다. '백작 따님과 하인들입니다.' 하고 간단히 대답하는 것이었다. 그

대답을 듣자마자 나는 재빨리 현관 앞에 서서 초인종을 눌렀다. 그때서야 나는 무슨 행동을 하고 있는지 느낄 수 있었다. 나는 이곳에 아는 사람이라곤 아무도 없었고, 아무에게도 내가 누구라고 말할 수 없었다. 나는 몇 주일간을 산속에서 헤맨 몸이라 걸인과 마찬가지 꼴이었던 것이다. 뭐라고 말해야 하나? 누구에게 안내를 부탁해야 하나? 그러나 그런 생각을 할 틈도 없이 문이 열리고 굉장한 제복을 입은 문지기가 나타나 이상하다는 듯이 나를 쳐다보았다.

나는 백작 따님을 시중드는 영국인 부인이 있느냐고 물었다. 문지기가 와 있다고 말하기에, 나는 종이와 펜을 빌려 백작 따님이 어떻게 지내시는지 궁금해서 내가 왔다고 적어 주었다. 문지기는 한 하인을 불러 편지를 전달하도록 시켰다. 그 하인이 긴 복도를 한 걸음 한 걸음 걸어가는 소리가 들렸다. 기다리는 동안 내내 나는 아주 입장이 곤란했다. 벽에는 후작 집안의 선조들의 초상화가 나란히 걸려 있었다. 기사 차림의 늠름한 남자, 옛 복장을 한 부인, 그리고 한가운데에 흰 수녀복을 입은 한 여인이 가슴에 붉은 십자기를 늘어뜨리고 있었다.

지금까지 나는 이와 비슷한 초상화를 숱하게 보아 왔

지만 그 초상화 속의 사람들 역시 예전엔 인간의 감정이 고동치고 있었을 것이라는 생각은 한 번도 해 본 적이 없다. 그러나 지금은 이 초상을 바라봄으로써 몇 권의 책을 숙독한 것 같은 감회를 느꼈다. 그들이 일제히 나를 향하여 '우리도 예전에는 살아 있었다. 예전에는 우리도 고통스러워 했었다.' 하고 외치는 것 같았다. 지금 내 가슴속에 숨겨진 비밀이 이 쇠로 만든 액자 안에도 숨겨져 있으리라. 이 흰 옷과 붉은 십자가는 지금 내 가슴속에 들끓고 있는 것과 똑같은 갈등을 겪었다는 증거인 것이다. 그러나 서서히 그들의 모습에는 다시 오만한 기색이 서려 '너는 우리와 같은 계급에 속해 있지 않아!' 하고 외치는 것 같았다.

나는 이내 불쾌한 기분을 느꼈다. 그때 갑자기 가벼운 발걸음 소리가 나를 이러한 몽상 속에서 깨워 주었다. 영국인 부인이 계단을 내려와 나를 어떤 방으로 데리고 갔다. 그녀는 아무렇지도 않다는 듯, 별 관심도 의아해하는 기색도 없이 침착한 목소리로 백작 따님은 몸이 전보다 훨씬 좋아졌으니까 삼십 분쯤 후에 만나도록 하라고 말했다.

수영을 아주 잘하는 사람은 먼 바다까지 헤엄쳐 나갈

때 팔심이 차차 빠지는 것을 느끼면 비로소 되돌아올 생각을 한다. 그때부터 재빨리 파도를 헤쳐 오지만 먼 해안을 바라볼 원기는 없다. 한 번 팔을 움직일 때마다 지치는 것을 느끼면서 그 사실을 인정하려 들지 않는다. 그러나 의식이 흐려지고 감각이 없는 사지를 움직일 뿐 자기가 처한 상황을 의식할 기력조차 없을 때 ? 어느 순간 그의 발이 바닥을 밟고 팔은 해안에 있는 최초의 바위에 닿게 된다. 내가 그 부인의 말을 들었을 때 바로 그런 기분이었다. 새로운 현실이 내 앞에 다가오고 있었다. 나의 고통스럽던 시간들은 한낱 꿈이었다. 이러한 순간은 일생을 통해서 매우 드문 것이다. 대부분의 사람들은 그러한 기쁨을 알지 못한다. 살아서 처음으로 자기 아들을 팔에 안은 어머니, 전쟁에서 공훈을 세우고 개선하는 외아들을 맞는 아버지, 모든 국민의 지지를 받는 시인詩人, 애인에게 정열적인 악수를 청하고 훨씬 더한 정열로 응답의 악수를 받은 젊은이…… 그들은 자신의 꿈이 다 실현된 때의 감정을 깨달은 사람들이다.

　삼십 분이 지났을 때쯤 한 명의 하인이 나타나더니 일렬로 늘어서 있는 방들을 지나 어떤 방으로 나를 안내하였다. 그 문이 열리자 저녁의 어둑한 일몰 속에서 하나의 하얀 형상을 발견하였다. 그녀의 머리 위의 창문이 호수와 빛나는 산을 향하고 있었다.

"우린 정말 이상스럽게 만나게 되는군요."

그녀의 맑은 목소리가 나에게 울려왔다. 그 말의 음절 하나하나는 내게 무더운 여름날에 쏟아지는 시원한 빗줄기였다.

"만나는 것도 이상하지만 이상한 이별도 있는 법이죠."

대꾸하며 나는 그녀의 손을 잡았다.

이렇게 하여 우리는 다시 만나게 된 것이다. 나는 그녀와 함께 있다는 것을 온몸으로 느꼈다.

"하지만 이별이라는 것은 인간 자신의 죄예요."

그녀의 말을 감싸는 음성의 진동은 여전히 선율처럼 부드럽고 신비했다.

"그건 그렇습니다. 그런데 건강은 어떤가요? 이렇게 얘기하셔도 괜찮은 건지?"

나의 물음에 그녀는 다음과 같이 대답했다.

"아시다시피 나는 항상 아픈 상태죠. 내가 몸이 약간 좋아졌다고 하는 것은 그 의사 선생님을 기쁘게 해 드리기 위해서예요. 그분은 내가 태어난 이후로 지금의 나이까지 살아온 것이 전적으로 자기 의술의 힘이라고 믿고

있으니까요. 내가 먼저 숙소를 떠나기 전날 밤에 그분을
몹시 놀라게 했어요. 그것은 내 심장이 갑자기 멈춰 버려
다시는 뛰지 않을 것이라고 나도 믿고 있었어요. 모두가
지난 일이지만 내가 이런 얘기를 하는 이유는 꼭 한 가지
나를 몹시 슬프게 하는 것이 있었기 때문이에요. 나는 평
화로운 마음으로 세상을 하직할 수 있다고 믿어 왔는데
병의 고통이 지금에 와서는 눈을 감는 것을 더 힘들게 할
것만 같아요.”

말을 마치면서 그녀는 가슴에 손을 올려놓았다. 다시
그녀는 이렇게 말했다.

“그런데 어디에 가 계셨어요, 왜 그렇게 아무 소식도
없었어요, 의사 선생님은 당신이 떠난 온갖 이유를 너무
도 자세히 전해 주었기 때문에 나는 오히려 그런 것은 믿
을 수 없다고 말해 버렸어요. 그랬더니 나중엔 정말 믿기
어려운 이유를 말하지 않겠어요. 무슨 이유였는지 맞혀
보세요.”

“그걸 믿기 어려웠을지도 모르겠군요.”

그리고 그녀가 말을 가로채지 못하게 얼른 덧붙여 말
했다.

“의사가 한 이야긴 정말이었을 것입니다. 그렇지만 모

두가 지난 이야기입니다. 지금에 와서 재론할 필요도 없겠지요.”

“아니에요. 어째서 그게 지나간 일이에요? 의사가 당신의 여행에 대하여 맨 나중의 이유를 말했을 때 나는 그분의 감정도, 당신의 감정도 알지 못했어요. 나는 초라하고, 병약한 버려진 존재예요. 이 세상에서의 나의 삶은 시간을 끌면서 서서히 죽어 가는 것에 불과해요. 가령 하늘이, 의사의 말처럼 나를 이해해 주고 사랑해 주는 사람을 나에게 보내셨다면 어째서 나와 그 사이의 평화를 깨뜨려야만 되나요? 의사가 그런 이야기를 하기 바로 전에 나는 내가 좋아하는 시인 워즈워스(William Wordsworth: 영국의 낭만파 시인)의 시를 읽고 있었어요. 나는 의사에게 이렇게 말했어요.

‘우리들은 생각은 넘치도록 많으면서도 그것을 표현할 어휘가 너무도 부족하기 때문에 말 한 마디 한 마디에 온갖 생각을 포함시켜야 해요. 우리를 알지 못하는 사람들에겐, 내 젊은 벗이 나를 사랑하고 나도 그를 사랑한다는 말을 하는 것이 마치 로미오와 줄리엣이, 또는 줄리엣이 로미오를 사랑하고 있구나? 하는 생각을 유발시킬 뿐일 거예요. 정말 그런 사랑이라면 의사 선생님, 당신이 제게 그런 사랑은 좋지 않다고 하시는 말씀은 옳은 거예요. 그러나 선생님, 선생님도 나를 사랑해 주시고 나도 선생님을 좋아하고 있어요…… 원래 이런 얘긴 하면 안 되겠지만? 그러나 나는 그런 일 때문에 실의에 빠진다든가 불행하게 생각한 적은 한 번도 없었어요. 선생님, 조금만 더 얘기하겠어요. 선생님은 제게 불행한 사랑을 느끼고 있어요. 그래서 내 젊은 벗을 질투하고 계시는 거예요. 선생님, 제 건강이 퍽 나아진 것을 알고 계시면서도 날마다 아침이면 저를 방문하여 어떠냐고 꼭 묻고 하셨지요. 정원에 있는 제일 좋은 꽃도 갖다 주셨지요. 내 사진도 갖고 싶다고 말하셨지요. 이런 얘기도 하지 않는 편이 좋지만? 선생님은 지난번 일요일에 제 방에 들어오셔서 제가 잠든 줄로 생각하고 계셨어요. 하지만 선생님이 오랫동안 제 침대 옆에 앉아 저를 내려다보고 계신 것을 알고 있었어요? 전 선생님의 시선을 얼굴에 비친 햇살로 느끼고 있었어요. 전 선생님의 눈에 부연 안개가 서리고 이내 굵은 눈물 방울이 떨어지는 것을 알았어요. 선생님은 두 손으로 얼굴을 감싸고 오열하면서 마리아, 마리아 하고 중얼거리셨어요. 선생님, 그 젊은 내 친구는 그렇게까지는 하지 않았어요. 그런데도 선생님은 그 사람을 멀리 보

내고 말았군요.'

이런 얘기를 정중하게, 한편으로는 자연스럽게 끝내고 나서, 나는 노의사의 마음을 몹시 괴롭혔다는 것을 알았어요. 의사는 마치 어린애처럼 말 못하고 수줍어했어요. 나는 잃고 있던 워즈워스의 시집을 다시 쥐면서 이렇게 말했어요.

'여기에 내가 진정 호감을 느끼는 한 노시인이 있어요. 이분은 제 마음을 잘 이해해 주고 저도 이분을 이해하고 있지만 한 번도 만난 적은 없으며 앞으로도 그럴 기회가 없을 거예요. 세상이란 그런 것이니까요. 제가 이 시인의 시를 읽어 드리겠어요. 이것을 들으시면 선생님도 어떻게 사랑해야 하는가를 배우고 사랑하는 남자가 애인에 대하여 있는 그대로의 행복에 찬 슬픔을 가슴에 품은 채 그냥 자기의 길을 가는 조용한 축복과 같은 것이 사랑이라는 것을 아시게 될 거예요.'

이렇게 말하고 워즈워스의 〈사랑스런 하일랜드의 소녀〉를 읽어 드렸어요. 등불을 좀 가까이 옮겨와 이 시를 다시 한 번 읽어 주시지 않겠어요? 나는 이 시를 낭송할 때마다 아주 즐거운 기분이 들어요. 이 시 가운데 들어 있는 정신을 비유해서 말하면 조용하고 끝없는 저녁 노을

이 눈 덮인 산들의 순결한 품에 사랑과 축복의 손을 펼치
는 듯한 느낌이에요.”
　그녀의 말이 고요하게 점차 나의 영혼 속으로 울려 오
는 것을 듣고 있노라니 나의 가슴도 또한 조용해지는 것
이었다. 폭풍을 치르고 난 그녀의 모습은 은빛 달 그림자
처럼 나의 사랑? 물결이라는 이름의 조그마한 파도? 위
에 어려 있었다. 사랑이란 모든 사람들의 가슴을 통하여
흐르는 바다의 조수와 같은 것이기 때문에 사람들은 저
마다 그것을 자기의 것이라고 생각하지만 그것은 인류
전체에게 생명을 주는 맥박인 것이다. 나는 가능하다면
우리의 눈앞에 광활하게 펼쳐져 있고 서서히 어둠에 싸
이는 적막한 대자연처럼 아무 말하지 않고 가만히 있고
싶었다. 그러나 그녀가 책을 내주었으므로 그냥 읽어 내
려갔다.

사랑스런 하일랜드의 소녀

사랑스런 하일랜드의 소녀여,
이 세상에서 그대의 재산은 바로 소나기와도 같은 아름다움이어라.
열넷의 나이가 소유할 수 있는 가장 풍요로운 재산을

남김없이 그대 머리 위에 빛내고 있구나.

여기 잿빛 바위, 저기 부드러운

풀밭, 그리고 베일을 반쯤만 내려뜨린 수목들.

한적한 호숫가에서 노래하는 폭포.

이 조그만 골짜기, 그대 거처를 포근히 감싼 고요한 시골길과 더

불어 그대는

진정 꿈속인 양 내 앞에 나타났구나.

세상의 근심들이 다소곳이 잠들었을 때

은신처에서 가만히 내다보는 그러한 형상들!

그러나 오, 그대 아름다운 창조물이여!

평범한 나날의 그림자 속에서라도

그대 꿈꾸는 모습을

천국의 광명으로 내 축복하리라.

내 그대를 인간적인 마음으로써 축복하리라.

마지막 날까지 하느님이 그대를 보호해 주기를.

나 그대, 알지 못하고 그대의 친구들조차 그대를 모른다.

그러나 나 그대를 지나쳐 멀어질 때,

그대 위해 진정 기구하는 마음으로

두 눈에 이슬이 맺힌다.

그대와 같이 순진무구하고

온화함과 마치 혈육 같은 다정스러움을 지닌

얼굴과 표정을

나는 한 번도 본 적이 없기 때문에.

어디선가 흩날려 온 씨앗처럼

사람들로부터 격리된 여기서는

부끄러워 안절부절못하는 안쓰러운 표정과

처녀가 의당 지어야 하는 수줍은 태도는 그대에겐 전혀 필요치 않네.

그대 이마 위엔 산에 사는 사람의

자유로움이 서려 있네.

기쁨이 충만한 얼굴,

사람들의 친절로 싹튼 온화한 미소.

겉치레를 벗어던진 최고의 조화를 그대는 가지고 있네.

그대가 알고 있는 어휘로는 나타낼 수 없는

망설임 없이 솟아오르는 분수처럼 그대 마음속에 깃드는 사념들,

아름답게 견뎌 온 억눌림,

그대 태도에 고귀함과 활기를 부여한 투쟁이여!

날개를 저어 바람을 가르며

폭풍을 맞는 그대를 닮은 새들을

나는 평화로운 마음으로 바라보았던 적이 있지.

그토록 아름다운 그대에게 바칠

화환을 마련하는 일을 그 누가 꺼릴 수 있을까?

오, 얼마나 축복받은 기쁨인가!

여기 청아한 공기 가득한 골짜기에서

그대와 함께 살아간다면!

그대의 단순한 태도와 옷차림을 받아들일 수 있다면 얼마나 행복

할까!

그렇게 된다면 나는 목동牧童 그리고 그대는 양치는 소녀.

그러나 지금보다 더 커다란 희망을

그대 위해 꿈꾸게 된다면

내게 있어 그대는 술렁이는 바다의

한낱 물결일 뿐이다.

마치 이웃사람이 하듯이

내 그대를 향해 간청할 수 있다면,

그대에게 귀 기울이고 그대를 바라볼 수 있다면 얼마나 즐거울까!

그대의 오빠가 되어 주고 싶다.

그대의 아버지라도 ? 그 무엇이라도 되어 주고 싶다.

나는 지금 신에게 감사를 올린다. 그의 은총이

나를 이 쓸쓸한 고장까지 인도해 주었으므로.

나는 기쁨에 젖는다, 커다란 대가를 얻어

이제 떠나가므로.

이러한 곳에서는 우리의 기억은

눈을 지니고 감각을 느낄 줄 아는 까닭에

우리는 우리의 기억을 칭송하게 되리라.

떠나는 것은 결코 괴롭지만은 않다.

이곳은 아마 그녀를 위하여 마련된 듯하구나.

죽는 날까지 오래도록 지속되는

과거와도 같은 새로운 기쁨을 주기 위해.

사랑스러운 하일랜드의 소녀여, 그대와의 작별을

내 마음은 괴롭게도 즐겁게도 여기지 않는다.

늙을 때까지

이렇듯 지금 내 앞에 펼쳐진 아름다운 풍경,

조그만 오두막,

호수, 골짜기, 폭포,

그리고 그 모든 것의 영혼인 그대를

똑같이 보게 될 것이니.

　나는 낭독을 끝냈다. 이 시는 언젠가 내가 잔 대신 나뭇잎으로 떠서 마신, 타는 목을 적셔주었던 시원한 샘물을 연상케 했다.
　다음 순간 나는 다시 그녀의 목소리를 들었다. 그 목소리는 교회에서 꿈꾸듯 기도를 올릴 때 나를 깨우는 첫 풍금 소리 같았다. 그녀는 이렇게 말했다.

"나는 당신과 주치의께서 함께 이 시와 같이 나를 사랑해 주기를 원하고 있었어요. 이 시에서와 같이 우리 서로가 사랑하고 신뢰하기를 바랐어요. 하지만 잘은 몰라도 이 세상에서는 이러한 사랑이나 이러한 신뢰를 인정하지 않는 것 같아요. 우리는 얼마든지 행복하게 살아갈 수 있는데도 세상은 우울하게 여기고 있어요.

아주 먼 옛날엔 그렇지 않았던 것 같아요. 옛날에도 지금과 마찬가지였다면 호머가 어떻게 아름다운 '나우지카' 같은 인물을 만들었겠어요. '나우지카'는 '율리시즈'를 첫 눈에 사랑하고 말았어요. 그녀는 곧 그 사실을 자기 친구들에게 말했어요. '저런 사람이 내 남편이 되어 이곳에서 함께 살았으면' 하고 말이에요. 하지만 그와 함께 집에 가기를 수줍어하며, 그에게 솔직히 만일 당신같이 훌륭한 외국 남자와 함께 가면 사람들은 남편을 데리고 온다고 할 거라는 말을 했어요. 이 얼마나 모든 것이 소박하고 자연스러워요, 그러나 '율리시즈'가 고향의 처자에게 돌아가고 싶다고 말했을 때 그 여자는 불평 한마디 없이 어디론가 가 버리고 말았어요. 아마 그녀는 그 아름답고 훌륭한 외국인의 모습을 언제까지나 자기 마음 속에 간직하고 오래 그리워하며 추억에 잠겼을 거예요.

어째서 요즘의 시인들은 이런 사랑을 알지 못할까요? 그 즐거운 고백과 고요한 이별. 근대의 어느 시인은 ‘나우지카’로부터 ‘베르테르’라는 인물을 창조해 냈어요. 왜냐하면 결혼이란 것은 우리에게 있어 희극이나 비극의 발단에 불과하기 때문이겠지요. 다른 종류의 사랑도 그런 식으로 할 수는 없을까요? 순수한 사랑의 샘은 완전히 고갈되어 버리고 말았을까요? 취하게 하는 사랑이란 이름의 술 말고도 신선한 원기를 주는 사랑의 샘이 있다는 것도 모르고 있는 모양이에요.”

그녀의 이야기를 듣고 있으려니 나는 영국 시인의 이러한 한탄이 생각났다.

가령 이 믿음이 하늘로부터 부여받은 것이라면
가령 이 믿음이 자연의 신성한 의도라고 한다면
나는 슬퍼할 까닭이 아무것도 없다.
사람이 사람을 어떻게 변화시킨다 해도.

그녀의 말은 계속됐다.

"정말, 시인이란 얼마나 행복한 존재일까! 시인의 언어
는 조용히 침묵하고 있는 수많은 사람들의 가장 깊은 감
정을 표현해 주는 것이에요. 그리고 그 노래는 간혹 가장
감미로운 비밀의 고백이 되기도 하지 않아요? 시인의 가
슴은 빈곤한 사람과 부유한 사람의 가슴속에 똑같이 스
며들어 맥박을 뛰게 하고 있어서 행복한 사람은 시인과
더불어 노래 부르고 불행한 사람은 시인과 더불어 슬퍼
하는 것이에요.

그러나 어느 누구보다도 워즈워스만큼 내 마음을 사로
잡은 시인은 없어요. 내 친구 가운데에는 워즈워스를 싫
어하는 사람도 많아요. 그런 사람들은 워즈워스는 시인
도 아니라고 말하지요. 워즈워스가 틀에 박힌 시어(詩語)를
쓰지 않고 과장된 감정을 배제하며, 호화롭고 공허한 시
적 감동을 피하는 것이 도리어 내 마음을 사로잡았어요.
워즈워스는 사실을 말하고 있어요. 따지고 보면 이것이
제일 중요한 거죠. 그는 우리들의 눈을 들판에 피어 있는
들국화와 같은, 그냥 지나치기 쉬운 아름다움을 향하여
열리도록 했어요. 그는 삼라만상을 있는 그대로의 명칭
으로 부르고 있어요. 그는 아무도 놀라게 하거나 현혹시
키려 하지 않아요. 사람들로부터 감탄시키려고 애쓰지도

않아요. 그는 사람들이 꺾거나 건드리고 싶어하지조차 않는 것들도 모두 다 얼마나 아름다운 것인가를 사람에게 알려 주려는 거에요. 잎새에 매달린 이슬방울이 금반지에 박힌 진주보다도 더 아름답지 않아요? 어디선지도 모르게 졸졸 흘러오는 맑은 시냇물이 베르사유의 분수보다 더 훌륭하지 않아요?

이 시인의 〈사랑스런 하일랜드의 소녀〉는 괴테의 〈헬레나〉나 바이런의 〈하이디〉보다 더 귀엽고 진실된 아름다움을 표현하지 않았나 생각해요. 이 시인의 쉽고 친근한 언어, 그리고 순수한 사상…… 우리 독일에 이런 시인이 없다는 것이 안타까울 정도지요. 만일 쉴러가 고대 희랍인과 로마인에게 의존하지 않고 자신을 보다 깊이 파고들었더라면 워즈워스 같은 인물이 되었을지도 모르죠. 뤼케르트도 가엾은 조국을 등지고 동양의 장미에서 위안과 고향을 구하지 않았더라면 훨씬 워즈워스와 비슷한 사람이 되었을 거예요.

참으로 자기 자신을 살리는 용기를 지닌 시인은 거의 없어요. 그러나 워즈워스는 그러한 용기를 지니고 있었어요. 우리들은 위대한 사람들이 말하는 것을 그들이 그다지 위대하지 않은 순간에도, 이를테면 평범한 사람들

처럼 오랜 시간 사상을 길러, 참을성 있게 마음의 눈을
열어 무한한 전망이 펼쳐지는 것을 노래한 게 아니라는
것을 발견하면서도 그를 더욱 좋아하고 있어요. 위대한
시인은 절대로 감정을 폭발하지 않아요. 호머를 읽어 보
면 별로 아름답지도 않은 문장이 백 줄이나 이어지는 곳
이 있어요. 단테도 마찬가지죠. 한편 핀다로스 같은 시인
은 모든 사람들이 존경하고 있지만 나는 그 시인의 열광
적인 문장에 의아심을 갖게 돼요. 나는 어떤 희생이 따르
더라도 호수 지방에 가서 여름 한 철을 지내며 워즈워스
와 더불어, 그가 시에서 읊은 장소를 모두 찾아보면서,
그 시인이 노래함으로써 도끼에 찍히지 않을 수 있었던
나무들을 구경하고 싶어요. 단 한 번이라도 그 시인이 그
린 ? 터어너만이 그릴 수 있는 ? 먼 풍경을 감싼 노을을
바라보고 싶어요."

　그녀의 목소리는 보통 사람들과 같이 말끝이 내려가지
않고 반대로 올라가 언제나 의문을 던지는 듯한 어조로
끝을 맺는 특성이 있었다. 그녀는 늘 상대를 올려다보고
말하며, 내려다보고 말하는 적은 없었다. 그녀가 말하는
어조는 흡사 어린애가 '아빠, 그렇지?' 할 때와 같았다.
거기에는 무엇인가 부탁하는 듯한 것이 있어 그녀의 말

을 부정할 수 없게 하는 것이었다.

"워즈워스는 나 역시 좋아하는 시인입니다. 인간으로서도 애정을 느끼고 있지요. 전혀 지치지 않고 올라간 나지막한 동산이 완전히 힘이 빠져 도달한 몽블랑보다 더 아름답고 풍요롭고 생생한 풍경을 눈앞에 펼쳐 주는 경우가 있는 것처럼 워즈워스의 시도 꼭 같은 인상을 줍니다. 처음에는 그 시인의 시가 너무 평범하여 읽던 것을 덮어 버리고 현재의 영국 지식층에서 어째서 이런 시를 그토록 격찬하고 치켜세우는가 의문에 싸였었습니다. 그러나 어느 나라 언어를 사용하는 시인이든지 그 민족의 정신적 귀족층이 시인으로 인정한 사람이면 우리들도 이해할 수 있으리라는 확신이 있었습니다.

누군가를 칭찬한다는 것도 배워야 할 예술입니다. 종종 독일 사람들이 라신(Racine: 17세기 프랑스의 작가)이 마음에 안 맞는다든가, 영국인들이 괴테를 이해할 수 없다든가, 프랑스인들이 셰익스피어가 농사꾼이라고 말하지만 그것은 아무 의미도 없는 것입니다. 마치 어린아이가 나는 베토벤의 교향곡보다 왈츠가 좋다고 말하는 것과 아무 차이가 없는 말입니다.

각 국민이 자기 나라의 위대한 인간의 어떠한 요소를

격찬하고 있는가를 파악하고 이해하는 것은 일종의 예술
이라고 할 수 있습니다. 아름다움을 추구하는 사람이면
누구든지 그것을 이해하게 되는 것입니다. 그런 까닭에
페르시아 사람들까지도 그들의 하피스(Hafez: 14세기 페르
시아의 시인)에 만족을 느끼고 인도인도 가리다사에 만족
감을 갖는 것도 당연하죠.

사람들은 첫눈에 위대한 사람을 이해하기는 어렵습니
다. 그러기 위해서는 힘과 용기와 참을성이 있어야 합니
다. 첫눈에 반한 것은 이상스럽게도 우리를 오래 지속적
으로 사로잡지 못하는 거죠.”

그러자 그녀가 말을 해 나갔다.

“하지만 모든 위대한 시인, 진정한 예술가, 영웅 ? 이들
이 페르시아인이든, 인도인이든, 기독교도이든, 이교도
이든, 로마인이든, 게르만족이든 모두가 위대한 사람으
로서의 공통점을 지니기 마련이에요. 어떻게 설명해야
할지 모르겠군요. 하지만 그들의 이면에 존재하는 것은
무한한 것, 멀고 영원한 것을 추구하는 눈, 사소하고 순
간적인 것을 신격화하는 힘 같은 것이에요. 위대한 이교
도인 괴테는 ‘하늘로부터 오는 감미로운 평화’ 를 알고 있
어요. 그래서 이렇게 말했지요.

이렇게 그가 읊었을 때 전나무 위로 한없이 넓은 것, 이 세상에서의 생활이 줄 수 없는 안식이 밝게 열려왔던 거예요. 워즈워스에게는 언제나 이러한 배경이 마련되어 있었어요. 비웃는 사람들이 어떻게 말하든 간에 외면적으로도 드러나지 않을지 몰라도 모든 인간의 마음을 강렬하게 자극하고 깊이 감동시키는 것은 이 세상의 것을 초월한 무엇이에요. 그러나 그러한 아름다움은 그에게 있어서 초지상적인 것의 반영이기 때문에 비로소 잘 이해됐던 거예요. 그 사람의 〈소네트〉를 좀 보세요."

우리 마음에 파고드는 것이 없으니)

그리하여 우리는 살아 있는 존재로서 요정妖精의 나라에 들어가게

된다.

죽을 수밖에 없는 인간에겐 정말 불가능한 행복인 것이다.

만약 작품 속에 창조자가 존재한다면

우리는 그로 인해 영감을 얻어 그에게 다가선다.

거기서 우리가 하는 일은

아름다움에 휩싸인 마음을 뒤흔들 온갖 상념에 몰두하는 것이다.

내가 나의 시선을 아름다운 눈동자에 못박아 두고

벗어나지 못한다면

그 까닭은 신의 화원으로 향하는 길을 밝히는 빛이

그 눈동자 안에 빛나고 있다는 것을 알기 때문이다.

그 눈동자의 찬란함에 우리 가슴 타오를 때

우리의 소중한 불꽃 속에 천국을 다스리는

기쁨에 찬 영혼이 아름다운 그림자를 드리운다.

그녀는 지친 듯 말을 멈추었다. ? 지금 어떻게 내가 이 침묵을 방해할 수 있으랴? 사람들이 솔직하게 마음을 털어놓고 이야기를 나눈 뒤 만족하여 입을 다물고 있는 상태를 우리는 천사가 하늘을 날고 있다는 말로 표현하지

만, 나는 정말로 평화와 사랑의 천사의 작은 날개 소리가
머리 위에서 들려오는 것같이 느꼈다. 내가 그녀를 쳐다
보고 있을 때 그녀의 모습은 여름 저녁 노을 속에서 빛나
는 천사의 현상으로 변하는 것 같았다. 내가 잡고 있는
그녀의 손만이 그녀가 현실의 존재라는 것을 증명했다.
갑자기 한 줄기의 밝은 빛이 그녀의 얼굴에 비쳤다. ? 그
녀는 그 빛을 느끼고 눈을 크게 뜨며 나를 이상하다는 듯
이 쳐다보았다. 반쯤 감은 눈꺼풀 밑에 숨겨진 베일과 같
은 그녀의 신비스러운 눈빛은 피뢰침처럼 반짝였다.

　나는 주위를 돌아보았다. 달이 점점 밝아져 구름을 뚫
고 나와 성과 호수와 마을을 맑은 미소를 지으며 비쳐 주
고 있었다. 나는 자연과 그녀의 고운 얼굴이 이토록 아름
다운 적은 본 일이 없었다. "마리아!" 하고 나는 말했다.

　"지금처럼 순결해진 순간에 지금 이대로 사랑을 고백
하게 해 주십시오. 초지상적인 것을 내 몸 가까이 느끼고
있는 이 순간 두 사람의 영혼이 두 번 다시 헤어지지 않게
하여 주십시오. 마리아, 사랑이 무엇이든 간에 나는 마리
아를 사랑하고 있습니다. 그리고 마리아! 당신은 나에게
속해 있습니다. 왜냐하면 나라는 존재가 바로 당신의 것
이기 때문입니다."

나는 그녀 앞에 무릎을 꿇은 채 앉아 있었다. 도저히 그녀의 눈을 올려다볼 수가 없었다. 나의 입술이 그녀의 손에 닿았다. 그 순간 그녀는 잠시 망설이는 듯하더니 급히 결단을 내려서 손을 빼내었다. 내가 눈을 들었을 때 그녀의 얼굴에는 괴로운 기색이 서려 있었다. 그녀는 여전히 입을 다물고 있었지만 깊은 한숨을 쉬면서 몸을 일으키더니 이렇게 말하는 것이었다.

"오늘은 이걸로 충분해요. 당신은 내게 고통을 주었어요. 그러나 그것은 내 탓이에요. 창문을 좀 닫아 주시겠어요. 나는 지금 낯선 사람의 차가운 손이 닿는 것처럼 온몸에 소름이 끼치고 있어요 ? 그냥 가만히 곁에 있어 주세요. 아녜요, 그래선 안 되죠 ? 돌아가셔야지요 ? 안녕히…… 안녕히 가세요. 언제까지나 신의 평화가 우리와 함께 있기를 기도해 주세요. 내일 밤 또 만나도록 해요. 기다리겠어요."

아, 천국과 같은 평안은 갑자기 어디로 사라져 버린 것일까? 나는 그녀가 고통스러워하는 것을 뚜렷이 보았다. 나는 되도록 빨리 그곳을 떠나 영국 부인을 불러 촌의 밤길을 걸어가는 일밖에는 아무것도 할 수가 없었다. 나는 호숫가를 왔다 갔다 하며 이제까지 그녀와 함께 있던 창을 오랫동안 바라보았다. 창문에는 등불이 하나도 남지 않고 꺼지고 말았다. 달은 서서히 중천에 떠올라 모든 첨탑과 창과 옛 성벽의 꽃무늬 장식을 마술처럼 조명하고 있었다.

나는 적막한 밤의 세계에 혼자 서 있었다. 나의 뇌신경들은 할 일을 잊어버리고 있는 것만 같았다. 무엇을 생각해 보아도 결론을 얻어 낼 수가 없었다. 나는 이 세상에서 완전히 격리되어 누구도 나를 상대해 줄 것 같지 않았다. 지구는 관처럼 느껴지고 검은 하늘은 수의 같아 내가 살았는지 죽었는지조차 알 수가 없었다. 나는 그때 조용히 빛을 뿌리며 제 궤도를 돌고 있는 별을 바라보았다. 그러자 별은 오직 인간을 비춰 위로해 주기 위하여 존재하는 것 같다는 생각이 들었다. 아무 사심 없이 어두운 하늘을 지나는 저 두 개의 별들. ? 그 순간 나도 모르게 감사의 기도가 가슴 깊은 곳에서부터 우러나오는 것이었다. 나의 수호신에 대한 감사의 기도가!

마지막 회상

　내가 눈을 떴을 때 해는 벌써 꽤 높이 떠올라 창문을
통해 내 방을 비추고 있었다. 이것이 바로 어제 저녁 작
별 인사를 나누고 헤어지는 친구처럼 섭섭한 눈길로 우
리들의 영혼의 결합을 축복하듯 잠시 고요히 바라보다가
사라지는 희망처럼 자취를 감춘 어제와 똑같은 그 햇빛
인가? 그렇지만 지금 나를 비추고 있는 해는 흡사 눈을
반짝거리며 우리의 방에 뛰어들어와 즐거운 축제에 축복
을 빌어 주려는 어린아이처럼 느껴진다. 나는 몇 시간 전
만 해도 몸도 마음도 완전히 파김치가 되어 침대 속에 몸
을 내던졌던 바로 그 나 자신일 수 있을까? 그러나 지금
의 나는 평상시와 같은 생활력을 회복하고 신에 대한, 또

한 자기에 대한 자신감을 느끼고 있는 것이다. 그 자신감은 아침 공기와도 같이 정신을 맑게 하고 생기를 불어넣어 주는 것이었다.

만일 잠이란 것이 존재하지 않는다면 인간은 대체 어찌 될까? 우리는 밤의 전령이 밤만 되면 우리를 어느 곳으로 끌고 가는지를 모르고 있다. 밤이 우리 눈을 감게 하고 아침이 되면 다시 눈을 뜨게 해 주리라는 것을 ? 이를 테면 우리를 우리 자신에게로 다시 돌려주리라는 것을 누가 보증해 줄 것인가? 최초의 인간이 이 정체 모를 친구의 품에 몸을 맡겼을 때 아마 굉장한 용기와 믿음이 필요했을 것이다. 인간의 천상 가운데에는 무엇인가 알 수 없는 절망감이 있어 그것을 억제치 못하고 갖가지 사물들을 무리하게 믿어 버린다든가 몸을 의탁하는 경우가 허다한 법이다. 그렇지 않다면 아무리 지쳤다고 해도 자기 스스로 자진하여 눈을 감은 채 미지의 꿈나라로 발을 들여놓을 사람이 있을까? 약하다든지 피곤하다는 의식이 우리를 이끌어 보다 높은 힘에 기대게 하고, 삼라만상을 다스리는 거대한 질서에 귀의시키는 것이다. 그런 까닭에 비록 짧은 시간이긴 해도 눈을 뜨든 눈을 감든 우리의 영원한 자아를 세속적인 자아에 연결한 사슬을 풀어 버렸을 때 우리는 활력과 생기를 느끼는 것이다.

어제 흘러가던 저녁 안개처럼 희미하게 내 머리 속에서 부유하던 것이 돌연 깨끗이 걷혔다. 우리 각자가 우리 서로의 것이라는 것을 나는 느꼈다. 그것은 오누이의 관계라도 좋다. 부자관계라도 좋다. 아니면 약혼한 관계라도 좋은, 아무튼 서로가 영원히 헤어질 수 없는 관계였다. 우리가 조심스럽게 '사랑'이라고 부르는 것에 대한 참되고 적당한 명칭을 찾아내지 않으면 안 된다.

'그대의 오빠가 되어 주고 싶다. 그대 아버지라도? 그 무엇이라도 되어 주고 싶다.' 하고 외쳤을 때 이 '무엇이든'에 대한 정확한 어휘를 찾아내지 않으면 안 된다. 왜냐하면 이 세상은 이름이 없는 것은 인정하지 않으므로…… 그녀는 나에게 말하지 않았던가! 모든 사랑의 근원인 순수한 본질적 사랑으로서 나를 사랑하겠노라고? 그렇다면 내가 내 모든 사랑을 바치겠노라고 고백했을 때, 그녀의 충격과 당황은 어찌 된 까닭일까? 그렇다고 우리 둘 사이의 사랑에 대한 내 신념은 흔들리지는 않았다. 도대체 우리는 사람의 정신 속에서 일어나는 일을 해명하기 위해 왜 그토록 안간힘을 쓰는 것일까? 자기의 마음속도 파악하지 못하면서 말이다.

? 자연계에 있어서나, 인간에게 있어서나, 우리 마음속에 있어서나 '말할 수 없는 것' 만이 가장 우리의 마음을 사로잡는 것일 텐데 – 우리에게 이해되는 인간, 마치 해부용(解剖用) 모형(模型)과도 같이 완전히 규명될 수 있는 인간은 많은 소설 중의 인물처럼 우리를 냉담하게 만든다. 그리고 일상생활에 있어서나 인간에게 있어서나 무엇보다도 우리를 기분 나쁘게 하는 것은 모든 것을 설명할 수 있다고 주장하면서 내면적 신비라는 것을 부정하는 윤리적 합리주의인 것이다. 어느 사물에 있어서도 규명하기 어려운 부분이 있는 법이다. 우리는 그것을 필연이니 예감이니 성격이라고 부르고 있다. 그러나 어떠한 경우에도 예외 없이 인간의 모든 행동을 분석할 수 있다고 믿고 있는 사람은 자기 자신도 일반적인 인간의 특성도 전혀 모르는 사람이다. 나는 어젯밤 내가 절망했던 모든 것에 대한 위안을 찾았다. 그리하여 한 조각의 구름도 미래의 내 하늘을 흐리게 하지 못할 것이라는 확신을 갖게 되었다.

이러한 기분으로 좁은 집 안에서 넓은 문 밖으로 나왔을 때, 웬 하인이 편지 한 장을 내게 전하여 주었다. 나는 우아하고 차분한 필적을 보고 그 편지가 바로 사랑하는 여인으로부터 온 것임을 알 수 있었다. 나는 조급하게 편지를 뜯어 보았다. 인간이 기대할 수 있는 최대의 행복이 이 편지 속에 담겨 있을 것을 갈구하면서…….

하지만 이 모든 꿈은 처참히도 깨어지고 말았다. 편지에는 내일은 고향에서 손님이 오니 찾아오지 말아 달라는 사연이 있을 뿐이었다. 다정한 인사말이나 그녀의 감정에 대한 이야기는 한마디도 없었다. 추신으로 '내일은 의사 선생님이 방문하시는 날이에요. 그러니 모레나'라고 적혀 있었다. 이것은 나의 일생이란 페이지로부터 갑자기 이틀분을 뜯어내는 일이었다. 이틀을 뜯어 버리면……. 아니 절대로 그럴 수는 없는 일이다. 이 이틀은 감옥의 함석 지붕처럼 내 머리 위를 내리누르고 있는 것이었다. 나는 그 이틀을 소생시키지 않으면 안 된다. 그것을 왕이나 걸인에게 그저 바쳐 버릴 수야 없지 않은가? 왕은 이틀 동안 자기의 옥좌에 편안하게 앉아 있을 것이고, 걸인은 교회 앞의 돌 위에 태평하게 자리를 잡고 있을 텐데…….

나는 잠시 생각에 잠겼지만 이내 아침 기도를 떠올리고 혼자 중얼거렸다. '절망이라는 것은 신에 대해서 가장 커다란 불신을 뜻한다. 아무리 조그만 일이거나 큰 일이거나 그것은 위대한 신의 계획의 일부이기 때문에 힘겹

더라도 순종하지 않으면 안 되는 것이다.'

눈앞에 벼랑을 발견한 기수처럼 나는 말 고삐를 힘껏 뒤로 잡아 끌었다. '어쨌든 할 수 없는 일이 아닌가? 신이 창조한 이 대지는 슬퍼하는 곳이 아니다.' 하고 부르짖었다. 그녀가 손수 적어 보낸 몇 줄의 필적을 손에 넣은 이 행복, 그리고 그녀를 다시 만날 수 있다는 것은 지금까지의 어떤 일보다도 행복하지 않은가?

'머리를 늘 물 위로 내놓아라.' 하고 인생을 자유롭게 헤쳐 나가는 사람들은 말한다. 그렇지 않은 경우 눈과 귀로 물이 흘러 들어 목구멍으로 들어가기 전에 차라리 한 번에 물 속에 잠겨 버리는 것이 낫다. 따라서 일상생활의 사소한 사고에도 신의 뜻을 생각하고 온갖 고통에 시달리는 잡다한 생활상태를 신의 섭리라고 생각하고, 순종할 수 없는 사람은 생활을 의무라고 여기기보다 예술이라고 생각하는 것이 좋다. 그런 식으로 생각한다면 대수롭지 않은 고통이나 손해를 당하여 몹시 화를 내고 슬퍼하는 어린애보다 우스운 것은 이 세상에 없을 것이다. 반면에 눈물방울이 고인 눈 속에서 햇빛이 맑고 명랑하게 반짝이는 어린애보다 아름다운 것도 또 없을 것이다. 그 모습은 마치 봄비에 떨고 있다가도 햇빛이 뺨 위의 눈물을 말려 주는 동안 다시 피어 향기를 내뿜는 꽃송이와 같기 때문이다.

이러한 운명에도 불구하고 나는 이틀 동안을 그녀와 함께 지내는 것과 같은 감미로운 추억에 잠겼다. 그녀가 말한 사랑스러운 이야기라든지 내게 밝혀 준 아름다운 온갖 생각들을 글로 써서 남겨 두려고 했기 때문이었다. 이렇게 우리가 함께 보낸 행복한 시간과 더 즐거울 미래의 희망 속에서 이틀은 지나갔다. 이틀 동안 나는 그녀의 곁에서 그녀와 함께 앉아 그녀와 같이 살았다. 그리하여 그녀의 손을 손에 감싸 쥐고 있던 지난날보다 더 그녀의 마음과 사랑을 내 몸 가까이에 느꼈다.

이 기록은 지금 나에게 얼마나 아름다운 것인가? 얼마나 거듭 되풀이해서 읽었던가. 마치 그녀가 입밖에 낸 말은 한마디도 남김없이 외려는 듯이……. 이 기록은 나의 행복의 증명이었다. 침묵하고 있지만 그 어떤 숱한 말보다 한층 강렬하게 마음을 전하는 친구의 눈빛처럼 그것은 나를 응시하는 것이었다. 사라져 버린 행복의 추억, 사라져 버린 고통에 찬 추억들…….

우리를 옹호하며 구속하던 모든 것이 제거되었을 때 인간의 마음이 마치 영영 잠들어 버린 아들 무덤 앞에 어머니가 정신없이 쓰러지듯이 그 추억에 빠져들게 되면 어떤 원망도 고요한 몰입을 방해하지 못하는 먼 과거의 빛깔？ 사람들은 아마 그것을 애수哀愁라고 부르리라？ 하지만 그 애수 속에 행복이 서려 있는 것이다. 그것은 사랑과 고뇌를 절실히 경험하지 못한 사람은 결코 알지 못하는 것이다. 시집 올 때 썼던 면사포를 딸의 머리 위에 얹어 주면서, 떠나간 지 오랜 남편을 회상하는 어머니에게 지금 무슨 생각을 하시냐고 한 번 물어 보라. 불행히도 몸이 약하여 세상을 떠나지 않으면 안 되는 사랑하는 소녀가 임종의 순간에 한 남자에게 어렸을 때 받은, 이제는 말라 버린 장미꽃을 그 남자에게 다시 돌려보냈을 경우 그 장미꽃을 받아 든 남자를 향해 지금 무슨 생각을 하느냐고 물어 보라…….

그들은 둘 다 눈물을 흘릴 것이다. 그러나 그들의 눈물은 고통의 눈물도 아니고 기쁨의 눈물도 아닌 희생의 눈물이다. 그 희생의 눈물로써 인간은 제 몸을 신에게 바치고 신의 사랑과 지혜를 믿으며 제가 가졌던 가장 사랑하는 것이 사라져 가는 것을 그저 말없이 바라볼 수밖에 없는 것이다.

그러나 다시 과거 속의 현실로？ 회상으로？ 돌아가자.

이틀이라는 시간은 어느새 지나고 말았다. 학수고대하던 재회再會의 순간이 닥쳐오자 나는 왠지 모르게 온몸이 떨리는 것을 느꼈다. 첫날에는 도시로부터 마차와 기사들이 몰려들어 성 안은 많은 사람들로 북적거리고 있었다. 지붕 위에는 깃발이 펄럭이고 성의 정원엔 음악이 연주되고 있었다. 호수 위에는 유람의 곤돌라가 떠 다녔고, 남자들의 노랫소리가 간간이 물결 위로 들려왔다. 그녀는 창가에서 이 노래 소리에 귀를 기울이고 있을지도 몰랐다. 나 역시 귀를 기울이지 않을 수 없었다.

둘째 날에도 그곳은 몹시 북적거렸다. 그러나 그날 오후가 되면서 손님들은 이내 돌아갈 준비를 하였다. 그리고 밤이 되자 의사의 마지막 마차가 도시를 향하여 떠나고 있었다. 나는 그녀가 이제는 나를 생각하고 자기를 찾아와 주기를 바라고 있다는 것을 알았다. 그런데도 내가 그녀와 악수도 않고 이틀간이나 헤어져 있었던 고통을 털어놓지 않고 또 내일 다시 만나자는 새로운 기쁨에 찬 약속 한마디 없이 다시 하룻밤을 새워야 한단 말인가? 그녀의 방에 불이 켜진 것이 보였다. 왜 그녀가 혼자 있어야 하는가? 왜 내가 지금 잠깐 동안이나마 그녀와 만나서는 안 되는가? 나는 벌써 성에 와 있었다. 초인종을 막 누르려고 하는 순간 나는 갑자기 동작을 멈추고 말았다. '기다려라. 그렇게 약해서 되느냐? 네가 지금 그녀 앞에 나선다면 너는 밤의 좀도둑 꼴과도 같이 부끄러워하게 될 것이 틀림없다. 내일 아침 개선장군처럼 그녀의 앞에 나타나는 것이 좋다. 그녀는 지금 내일 너에게 선사할 사랑의 왕관을 만들고 있을 테니까…….

아침이 되어 나는 그녀를 찾아갔다. 이번에는 정말로 간 것이다. 육체가 없어도 영혼이 존재할 수 있다는 말은 옳지 않다. 완전한 존재, 완전한 의식, 완전한 기쁨이라는 것은 영혼과 육체가 일체가 되었을 때 비로소 가능할 수 있는 것으로 그것은 육체화한 영혼이며 영혼화한 육체인 것이다. 만약 육체가 없는 영혼이 있다면 그것은 유령에 불과할 것이며, 영혼이 없는 육체가 있다면 그것은 시체에 불과할 것이다. 들에 핀 꽃에 영혼이 없다고 할 수 있을까? 그 꽃은 자기를 살아가게 하고 생명과 존재를 부여하는 신의 의지, 즉 조물주의 마음으로부터 만물을 바라보고 있지 않는가? ……. 그것이 곧 꽃의 영혼인 것이다. 그 영혼을 사람들은 언어로 표현하지만 꽃은 잠자코 있을 뿐이다. 진정한 삶은 언제나 영혼과 육체가 화합한 생활이며 진정한 향락은 바로 그러한 생활에서 우러난 향락이며 진정한 만남은 항상 육체와 영혼이 하나가 된 만남인 것이다.

이틀 동안 그렇게도 행복하게 지낸 추억의 세계는 그녀의 앞에 서서 그녀를 대하자 그림자와 같이 사라지고 말았다. 나는 가능한 한 그녀의 이마와 눈과 볼을 손으로 감촉하여 정말로 그녀가 지금 내 곁에 있는가를 확인하고 싶었다. 밤낮으로 내 마음속에 스며들던 그녀의 그림자가 아닌 참된 존재를 ? 나의 것은 아니지만 나의 것이어야 하고 나의 것이 되고자 하는 존재를 ? 내가 내 몸과 마찬가지로 굳게 신뢰하고 있는 존재를 ? 나로부터 멀리 떨어져 있기는 하지만 나 자신보다도 가까운 그 존재를 ? 그것이 없다면 나의 생명은 이미 생명이라고 할 수 없고, 나의 죽음도 이미 죽음이라고 할 수 없으며, 나의 슬픔 존재는 입김처럼 허공 속에 사라지고 말게 될 그 존재를 ? 나는 확인하고 싶었다.

나의 이러한 생각과 눈길이 그녀의 온몸으로 쏟아져 들어갈 때 이 순간에 겨우 나의 축복이 이루어진 것 같았다. 죽음이라는 것까지는 생각하는 것은 무슨 까닭일까? 그러나 죽음이란 조금도 공포심을 일으키지 못했다. 왜냐하면 이 '사랑' 이란 것은 죽음이란 것으로 훼손당하지 않고 오히려 정화(淨化)되고 승화(昇化)되며 무한해지는 것이기 때문이었다.

그녀와 단 둘이 아무 말없이 바라본다는 것은 한없이 즐거운 일이었다. 그녀의 표정에는 그녀의 깊은 마음까지 뚜렷이 나타나 있었다. 그리하여 그녀의 얼굴을 바라보고 있으면 그녀의 마음에 있는 것과 살아 있는 것을 모조리 알 수 있을 것 같았다. "당신은 날 슬프게 했어요." 하고 마음으로는 말하면서도 입 밖에는 내지 않는 것 같았다. "드디어 또 다시 만나게 되었군요. 그러나 마음을 가라앉히세요. 불평을 털어놓는다든가 이것저것 캐묻는 다든가 흥분해서 성을 낸다든가 하지는 말아 주세요. 어쨌든 잘 오셨어요. 어제의 내 행동을 언짢게 생각하지 않았으면 해요." 이런 모든 것을 그녀의 눈이 말하고 있었다. 그러나 우리는 입을 열어 이 안락한 평화를 흐트러놓으려고 하지 않았다.

"의사로부터 편지 받지 않으셨어요?"

이것이 그녀가 처음으로 한 말이었다. 그녀의 목소리는 한 음절마다 가늘게 떨려 나오고 있었다.

"아니요."

나는 대답하였다. 그녀는 잠깐 사이를 두었다가 다시

말했다.

"앞으로의 일을 내가 직접 말하고 싶지는 않았는
데……. 이제 우린 더 이상 만날 수가 없어요. 오늘이 마
지막이죠. 슬퍼하거나 화내지 말고 조용히 작별하기로
해요. 나에게 죄가 있다는 것을 알고 있어요. 아무리 온
화한 바람의 입김도 결코 본의는 아니지만 꽃잎을 떨어
뜨리게 되는 경우가 있다는 것을 나는 미처 알지 못하고
당신의 생활 속에 들어가 버렸어요. 나는 세상이란 것을
몰랐었어요. 나처럼 병에 시달리고 있는 인간이 당신에
게서 연민 이상의 것을 얻을 수 있으리라고 미처 생각 못
했어요. 그동안 당신과 꽤 자주 만났고 또 그만큼 가까워
진 것 같아요. 옛날부터 당신을 알았고 또 함께 있으면
어쩐지 좋았어요. 사실 나는 당신을 사랑하고 있었으니
까요.

그러나 세상은 그러한 사랑을 인정해 주지도 용납하지
도 않고 있어요. 의사 선생님이 내 눈을 뜨게 해주셨어
요. 거리에 우리의 소문이 퍼져 있다고 해요. 영주領主인
내 남동생이 아버지께 편지를 내어 아버지께서는 이제
당신과 두 번 다시 만나서는 안 된다는 명령을 내리셨어
요. 당신에게 이런 괴로움을 끼치게 되어 마음속으로 정

말 후회하고 있어요. 용서해 주시겠지요.”

그녀의 눈에는 눈물이 고여 있었다. 그녀는 나에게 눈물을 보이지 않으려는 듯 눈을 감고 있었다.

“마리아! 내게는 오직 하나의 생명이 있을 뿐입니다. 그리고 그것은 이미 당신과 결합되어 있습니다. 내겐 오직 하나의 의지 밖에는 없습니다. 그것은 당신의 의지인 것입니다. 진심으로 나는 당신을 사랑하고 있습니다. 하지만 내게는 자격이 없다는 것도 잘 알고 있습니다. 계급에 있어서나 영혼의 순결함에 있어서나 우아한 면에 있어서나 당신은 나와는 다른 입장에 있는 사람입니다. 따라서 아내라고 부른다는 일은 나에겐 전혀 불가능한 일이라는 것도 잘 알고 있습니다. 그렇지만 우리 둘이 힘을 모아 이 세상을 함께 헤쳐 가는 데는 다른 방도가 없습니다.

마리아! 당신은 자유입니다. 당신이 진심으로 만나고 싶지 않다면 우리는 앞으로 다시는 만나지 않게 될 것입니다. 하지만 만일 당신이 나를 사랑한다면 ? 당신이 나와 결속되어 있다고 느낀다면 ? 떠도는 소문 따위는 아무래도 좋은 것입니다. 세상 사람들의 냉혹한 평판 같은 것은 무시해야 합니다. 나는 일생 동안 당신을 두 팔에 안고 가겠습니다. 삶과 죽음을 초월해 나는 당신의 것입니다.”

"그러나 우리는 불가능한 것을 기대해서는 안 되는 것이에요. 가령 우리들이 이 세상에서 합쳐지는 것이 신의 뜻이었다면 어째서 나에게 이러한 평생의 고통을 주셨겠어요? 우리는 운명이나 상황이나 인연 같은 것이 결국 신의 섭리라는 것을 망각해서는 안 됩니다. 그것에 거역하는 것은 신에게 반항하는 것과 마찬가지예요. 그것은 어리석다고 볼 수 없을지는 몰라도 불순한 행위라는 사실은 분명한 거에요. 인간이 이 세상에서 사는 것은 별이 하늘에 떠 있는 것과 같은 거죠. 별들은 제각기 신에 의하여 정해진 궤도에서 서로 만나고 또 헤어져야만 하는 존재죠. 그것을 거부하는 것은 아주 생각이 모자란 행위든가 아니면 세상의 모든 질서를 파괴하는 짓이에요.

이런 법칙을 이해할 수는 없지만 믿을 수는 있어요. 그런 경우와 같이 당신을 향한 나의 사랑이 왜 옳지 못한가를 나는 이해할 수 없어요. 아니 옳지 못하다고는 말할 수도 없고 하고 싶지도 않아요. 그러나 그 사랑은 존재할 수 없는 것이며 존재해서도 안 되는 것이에요. 이해하시겠지요? 이제 다 끝났어요. 우리들은 겸허하게 우리 자신을 신에게 의탁하지 않으면 안 돼요."

그녀는 침착하게 말을 계속하기는 했지만 얼마나 깊이

고통받고 있는가를 나는 너무도 뚜렷이 알 수 있었다. 그러나 이 인생과의 투쟁을 그토록 간단히 단념한다는 것은 부당하다고 생각하였다. 나는 가능한 한 침착한 태도를 유지하면서 그녀의 고통을 가중시키게 되는 감정적인 말을 피하려고 애썼다.

"만일 이것이 이 생에서 최후의 만남이라면 이 희생은 누구를 위한 제물인지 우리가 분명히 알고 있는 게 아니지 않습니까? 우리들의 사랑이 이 세상의 법칙에 위배되는 것이었다고 하면 물론 나도 당신과 마찬가지로 기꺼이 순종하는 자세를 취하겠습니다. 보다 탁월한 뜻을 무시한다는 것은 신을 망각하는 일입니다. 인간은 간혹 신을 속이고 자기의 작은 재능으로 신의 예지를 뛰어넘을 수 있다고 생각할 때가 있습니다. 그러나 그것은 자기 도취의 일종인 것입니다. 이러한 거인과의 싸움을 시작하는 인간은 산산이 부서져 몰락하고 마는 것입니다.

하지만 우리의 사랑을 가로막고 있는 것이 도대체 무엇입니까? 그것은 떠돌아 다니는 소문이란 것 말고 무엇이 있습니까? 나는 인간사회의 관습을 존중하고 있습니다. 그 관습이 오늘날의 시대에 있어서 아무리 낡아 빠지고 어이없는 것이라 할지라도 나는 존중하고 있습니다.

병자에겐 인간이 만든 약이 필요하고, 인간들을 한데 모아 공동생활의 목적을 달성시키는 데는 우리가 비웃어 마지않는 사회적 규칙과 겸손과 편견까지도 필요한 것입니다. 옛날 아테네인이 우리 사회의 미로迷路를 장악하고 있는 괴물에게 해마다 배에 청춘남녀를 가득 실어 제물로 바쳤던 것처럼 우리는 이 사회 속에 있는 많은 신神들에게 숱한 희생을 바쳐야 합니다. 가슴에 상처받지 않은 사람은 그 누구도 없습니다. 사회라는 새장 속에서 즐겁게 살려면 순결한 감정의 소유자는 애정의 날개를 부러뜨리지 않고는 못 견딥니다. 그것은 어쩔 수 없는 운명인 것입니다.

당신은 이 세상을 알지 못하지만 내 친구들의 경험만으로도 이러한 비극을 몇 권의 책으로 이야기할 수 있습니다. 한 친구는 어떤 소녀를 사랑하였습니다. 그 친구는 가난했고 소녀는 부유했습니다. 양쪽의 가족과 친척들은 서로 싸우고 경멸하게 되어 두 사람의 가슴은 갈라지고 말았습니다. 어떤 이유로 그랬을까요? 그것은 중국에서 생산되는 누에고치로 짠 비단옷을 못 입고 미국에서 나는 목면으로 지은 옷을 입는 것은 불행한 것이라고 세상 사람들은 생각하고 있기 때문이었습니다. 또 한 친구는 한 소녀를 사랑했습니다. 하지만 그 친구는 신교도였고 소녀는 구교도였습니다. 양쪽의 부모와 목사가 악착같이 방해를 놓아 마침내 두 사람의 가슴에 못을 박고 말았습니다. 왜 그랬을까요? 그것은 3백 년 전 칼 5세와 프란츠 1세와 헨리 8세가 서로 장난한 정치적 장기놀이의 결과로 이제 와서 아무 상관없는 연인들의 가슴이 상처받아야 했습니다. 또 한 친구는 어느 소녀를 사랑했습니다. 하지만 그 친구는 귀족이었고 그 소녀는 평민이었습니다. 그의 누이들이 기를 쓰고 반대하고 독설을 내뱉어 두 사람의 가슴은 상처투성이가 되었습니다. 왜 그랬을까요? 그것은 백 년 전 한 병정이 전쟁터에서 국왕의 생명을 노리던 적병을 죽인 까닭이었습니다. 그 때문에 그 병사는 작위와 명예를 받았던 것입니다. 따라서 그 병정의 증손인 그 사랑하는 남자는 그 조부가 흘린 피의 보상을 이제 와서 받아야 했습니다.

통계학자의 보고에 의하면 한 시간마다 한 사람의 가슴이 상처 받고 있다고 합니다. 당연히 그러리라고 생각합니다. 왜인지 아시겠어요? 그것은 일반적인 경우에 있어서 부부관계 이외의 타인 사이의 사랑을 용납하지 않기 때문입니다. 두 명의 여자가 한 남자를 사랑한다면 한 사람은 희생되지 않으면 안 됩니다. 두 명의 남자가 한 여자를 사랑한다면 한 사람, 간혹은 둘 다 희생되는 것입니다. 왜 그럴까요? 소유하고 싶다는 생각 없이 여자를 쳐다만 볼 수는 없는 것일까요? 당신은 눈을 감아 버리는 군요. 내가 너무 지나친 말을 했는지도 모르겠습니다.

아무튼 떠도는 소문은 인생에 있어서 가장 고결한 것을 가장 천박한 것으로 전락시켜 버리고 말았습니다. 그러나 마리아! 이 정도 말하면 충분하겠지요? 우리들이 세상에 있으면서 이 세상과 대화하고 융화되기 위해서는 통할 수 있는 언어 형식을 사용해야 합니다. 그러나 우리들의 가슴이 소란한 세상에 방해받지 않고 순수한 내면에서 우러나온 대화를 나눌 때만은 신성한 성역을 지녀야 하지 않습니까? 세상사람들일지라도 이러한 고고한 정신을 존경할 것입니다. 자기의 정당한 권리를 의식하고 저속한 시대 사조에 대하여 행하는 고귀한 사람의 용감한 대항을 사회도 존경하는 것입니다. 세상에서 흔히 말해지곤 하는 겸손이라든가 자연스러움이라든가 편견 따위는 감초와 같은 것입니다. 푸른 담쟁이덩굴이 무수한 잎과 줄기를 퍼뜨려 견고한 벽돌담의 한 면을 뒤덮고 있는 것은 보기에 무척 아름답습니다. 그러나 너무 번식

하도록 내버려 두어서는 안 되는 것입니다. 언젠가 이 담쟁이덩굴은 건물의 모든 틈새로 비집고 들어와 깊숙한 내부로부터 건물을 파괴하고 마는 것입니다.

마리아! 내 것이 되어 주십시오. 당신의 가슴이 외치는 소리에 따르십시오. 지금 당신의 입술로부터 나올 말이 나와 당신의 운명을 영원히 결정할 것입니다."

나는 입을 다물었다. 나의 손에 쥐고 있는 그녀의 손은 심장의 따뜻한 압력에 응답하고 있었다. 그녀의 마음속에서는 거센 풍랑이 출렁이고 눈보라가 몰아치고 있었다. 내 앞에 펼쳐진 푸른 하늘은 폭풍이 검은 구름을 씻어 준 듯이 아름답게 보이는 것이었다.

"하지만 어째서 나 같은 것을 사랑하세요?"

그녀는 이 결정의 순간을 조금이라도 더 늦추고 싶은 듯 조용한 목소리로 묻는 것이었다.

"어째서냐고요? 마리아! 갓난아이에게 왜 태어났느냐고 물어 보십시오. 들판에 핀 꽃에게 왜 피었느냐고 물어 보십시오. 태양에게 왜 빛을 발하느냐고 물어 보십시오. 나는 당신을 사랑하지 않고는 견딜 수가 없기 때문에 사랑하는 것뿐입니다. 이 대답이 부족하다면 여기 있는 당신의 애독서로 대답을 대신하게 해 주십시오."

나의 말대로 그녀는 애독서로 대답을 해 주었다.

"가장 선한 것은 우리가 가장 사랑하는 것이어야 한다. 그리하여 우리의 사랑에 있어서는 쓸모 있거나 쓸모 없는 것, 얻는 것과 잃는 것, 성취 혹은 상실, 명예 혹은 불명예, 칭찬 혹은 비난, 그 밖의 여러 가지 그러한 종류의 것들을 개입시켜서는 안 된다. 가장 고귀하고 가장 선량한 것은 단지 고귀하고 선하기 때문에 가장 사랑하는 것이 되어야 한다. 인간은 이 사실에 입각해서 안팎으로 자기 생활을 다스려야 한다. 외면적으로 보면 모든 피조물은 선한 면과 악한 면을 가지고 있다. 따라서 영원한 선은 하나로서 다른 어떤 것보다 더 찬란한 빛을 발하게 된다. 그러한 상황에서 영원한 선이 가장 환하게 빛나고 작용하고 인정되고 사랑 받는 것은 이 모든 피조물 가운데 최선의 것이기 때문이다. 그러므로 이러한 작용이 가장 미미한 것은 최악의 것이 된다. 피조물을 접하고 그것들과 친숙해지는 데 있어 위의 구별을 염두에 둔다면 가장 선한 것은 동시에 가장 사랑스런 것이므로 이것과 가까이 하고 이것과 하나가 되려 노력해야 한다…….」

"마리아! 당신은 내가 알고 있는 한 지상에서 가장 선한 피조물인 것입니다. 그러므로 나는 당신에게 마음을 쏟고 진정 사랑하는 것입니다. 그리고 우리는 서로 사랑하고 있지 않습니까? 당신의 가슴속에 담긴 말을 그대로 들려주십시오. 당신이 나의 것이라고 말해 주십시오. 당신의 가장 진실된 감정을 부정하지 말아 주십시오. 하느님은 당신에게 고통에 찬 생애를 주셨습니다. 그러나 하느님은 나를 당신에게 보내어 그 고통을 함께 나누게 하셨습니다. 당신의 고통은 동시에 나의 고통이어야 합니다. 우리는 함께 그 고통을 견뎌 나가지 않으면 안 됩니다. 마치 배가 육중한 돛을 지탱하듯이 말입니다. 하지만 그 돛은 인생의 폭풍 속을 뚫고 마침내 배를 안전한 항구에 도착하게 해주는 것입니다."

그녀는 차츰 안정을 되찾는 것 같았다. 그녀의 뺨 위에는 저녁 노을과 같은 주홍빛이 희미하게 서려 있었다. 그녀가 눈을 크게 뜨자, 태양은 다시금 화려한 빛을 뿜는 것이었다.

"나는 당신 것이에요. 하느님의 뜻이라면…… 지금 이대로의 나를 당신께 드리겠어요. 살아 있는 동안 나는 당신 것이에요. 하느님이 우리를 가장 아름다운 생활로 다시 인도해 주시고 나에 대한 당신의 사랑에 응답하시기를 빌겠어요."

우리는 가슴을 마주하고 포옹하였다. 나의 입술은 그녀의 입술과 부드러운 입맞춤으로 포개어졌다. 우리를 위해 시간은 가만히 머물러 있었고 주위의 세계는 어디론가 의식할 수 없는 곳으로 사라져 버렸다. 그러나 긴 한숨이 그녀의 가슴으로부터 흘러나와 침묵을 깨뜨렸다.

"오, 하느님, 제게 이 축복을 허락하소서!"

그녀는 나직한 목소리로 중얼거렸다.

"이제 혼자 있게 해 주세요. 더 이상 견딜 수가 없군요. 다시 만나도록 해요. 안녕, 나의 친구, 나의 사랑, 나이 구세주여."

이것이 내가 들을 수 있었던 그녀의 최후의 말이었다. 나는 숙소에 돌아와 뒤숭숭한 꿈에 시달리며 잠이 들었다. 자정쯤이라고 여겨질 시간에 노의사가 내 방에 찾아왔다. 그리고 그는 이렇게 말했다.

"우리의 천사는 하늘나라로 가고 말았네. 이것이 자네에게 보낸 그녀의 마지막 편지일세."

그리고 그는 편지 한 통을 내 앞에 놓았다. 그 편지 속에는 옛날에 그녀가 그에게, 내가 다시 그녀에게 준 '주의 뜻대로' 라고 새겨진 반지가 들어 있었다. 그것은 한 장의 헌 종이에 싸여 있었다. 그 종이에는 어린 시절 내가 그녀에게 한 말이 적혀 있었다. '당신의 것은 나의 것이기도 합니다. 마리아'라고……. 의사는 나와 할 말을 잊은 채 멍하니 앉아 있었다. 고통의 무게가 너무 무거워 도저히 더 이상 견딜 수 없게 되었을 때 엄습하는 정신적 실신상태였을 것이다. 이윽고 노의사는 자리에서 몸을 일으켜 내 손을 잡고 말하였다.

"우리들이 이렇게 만나는 것도 오늘이 마지막인 것 같군. 자네는 이곳을 떠나야 할 몸이고 나의 여생이라야 얼마 남지 않았으니까. 그러나 꼭 한마디 자네에게 말할 것이 있네. ? 그것은 내가 평생을 가슴속에 지니고 아무에게도 털어놓지 않은 비밀일세. 단 한 사람에게 그것을 고백하려 했었지. 잘 들어주게. 우리들에게서 사라져간 그 영혼은 진정 고결한 영혼이었네. 경이롭고 순결한 영혼과 사려 깊고 성실한 마음을 지니고 있었네. 마리아와 마찬가지로, 아니 더 순결한 영혼을 알고 있었어. 그것은 마리아의 어머니였네.

나는 마리아의 어머니를 사랑했었네. 그녀도 나를 사랑했었지. 우리 둘 다 가난했네. 그래서 나는 우리가 행복할 수 있는 신분을 얻기 위해 열심히 노력했었네. 그러나 어느새 젊은 후작이 내 약혼녀를 사랑하게 되었어. 그 후작은 바로 나의 영주이기도 했지. 나는 그녀를 진정으로 사랑했기 때문에 그녀를 위해서라면 어떤 희생도 치를 수 있다고 생각했네. 그래서 그 가엾은 고아를 후작 부인으로 만들 결심을 했지. 그녀를 정말 사랑하고 있었기 때문에 내 자신의 행복은 포기할 결심을 한 것이지. 그래서 나는 우리 사이의 모든 약속을 없었던 걸로 하자는 편지를 남기고 고향을 등지고 말았네. 그 후 나는 그녀와 한 번도 만나지 않았는데 어쩔 수 없이 만나게 된 건 그녀의 죽음이 임박했기 때문이었네. 아기를 낳다가 끝내 죽고 말았네. 이젠 알 수 있겠지? 왜 내가 자네의 마리아를 사랑하며 하루라도 더 그녀의 생명을 연장시키려고 애썼는지를! 그 마리아가 나의 마음을 이 세상과 이어 주는 단 하나의 존재였네.

자네도 나처럼 견뎌 나가야 하네. 공허한 슬픔 때문에 나날을 무의미하게 보내서는 안 되네. 가능한 한 모든 인간들을 위해 마음을 쏟도록 하게. 사람들을 사랑하면서 이 세상에서 마리아처럼 아름다운 영혼을 발견하고 이해하고 또한 사랑하다 잃게 되었다는 것을 신에게 감사할 수 있게 되길 바라네.”

“하느님의 뜻이라면.” 하고 나는 대답했다. 그리고 우리는 살아서는 다시 만나지 못할 작별을 고했다.

그로부터 며칠이, 그리고 몇 주일이, 몇 년이 흘러갔다. 고향이 타향이 되고 또한 타향이 고향으로 뒤바뀌었다. 그러나 마리아를 향한 나의 사랑은 아직도 사라지지 않았다. 그리하여 한 방울의 눈물을 망망한 바다에 보태는 식의 아주 사소한 것이었지만 나의 인간에 대한 사랑은 무수한 사람들에게 파고들어 그들을 포옹했다. 어린 시절 내가 그토록 좋아했던 수많은 타향 사람들을 말이다.

오늘처럼 한적한 일요일에 혼자 푸른 숲 속에 들어와 자연과 가슴을 맞대고 엎드려 있노라면 바깥 세상에 인간들이 있든 없든 무관심해지고 이 세상에 오직 나 혼자만이 존재하는 것처럼 느껴지고, 그러한 기분마저 사라지고 나면 온갖 추억들이 다가와 내 사랑이 이 마음 속 깊은 곳으로부터 여전히 신비롭고 진지한 눈길로 나를 응시하는 아름다운 존재에게로 이끌어 주는 것이다. 그러면 수백만의 인간들을 향했던 나의 사랑이 오직 하나의 존재를 향한 ? 나의 천사에게 쏟는 ? 사랑으로 변해 버린다. 이와 같이 나의 회상은 이 끝나지 않는 물음, 도저히 풀 길 없는 의문점 앞에서 그칠 수밖에 없는 것이다.

―끝―

도서출판 문장

도서출판 문장

도서출판 문장

도서출판 문장